© 2013 Atlantyca Dreamfarm s.r.l., Italy
© 2014 for this book in Spanish: Edebé
Paseo de San Juan Bosco 62
08017 Barcelona
www.edebe.com

Editorial project by Atlantyca Dreamfarm s.r.l., Italy

Atención al cliente 902 44 44 41
contacta@edebe.net

Text by Lucia Vaccarino
Illustrations by Paola Antista

Original edition published by De Agostini Editore S.p.A.
Original title: *Detective per caso.*
N.B. Copyright Shutterstock for photos as indicated in the original Italian edition.
International Rights © Atlantyca S.p.A., via Leopardi 8 - 20123 Milano – Italia - foreignrights@atlantyca.it- www.atlantyca.com

© Traducción: Marinella Terzi
Directora de Publicaciones: Reina Duarte
Editora de Literatura Infantil: Elena Valencia

Primera edición: septiembre 2014

ISBN 978-84-683-1227-9
Depósito Legal: B. 13.836-2014
Impreso en España
Printed in Spain

Lucia Vaccarino

Detective por casualidad

Ilustraciones de **Paola Antista**

Traducción de **Marinella Terzi**

edebé

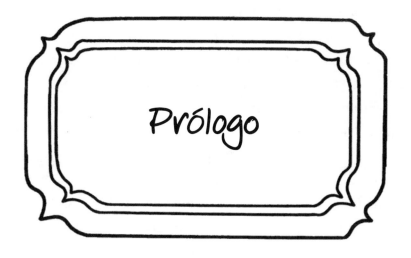

Prólogo

El cartero llegó al último piso sin aliento. Desde luego no era un tipo atlético, pero le había bastado echar un vistazo al anticuado ascensor para convencerse de que era mejor hacer un poco de ejercicio. En aquel edificio todo tenía aspecto de ir a desplomarse de un momento a otro. Por eso se quedó muy sorprendido cuando ante él se abrió la puerta de un piso minúsculo, alegre y moderno, con las paredes pintadas de naranja. En el umbral estaba una chiquilla delgada y pecosa de unos once o doce años.

—Una carta certificada para la señora Wright —anunció el cartero.

La chica sonrió y gritó en dirección a la cocina:

—¡Mamá, carta para ti!

Casi de inmediato apareció una mujer de algo más de treinta años con un vestido a rayas rojas, blancas y azules, y una taza de té en cada mano.

—Firme aquí, por favor —indicó el cartero, ofreciéndole el cuaderno de registro.

La mujer le pasó las tazas para que las sujetara, y se quedó con el sobre y el cuaderno. Una vez firmado, le devolvió el cuaderno, tomó las tazas de nuevo y le dijo a su hija:

—El certificado es para ti: pone «Emily Wright».

—¿De verdad? —se asombró la niña.

—Disculpe —dijo la mujer, respondiendo al móvil que había empezado a vibrar con insistencia—. ¿Diga? ¿Un asunto urgente en el trabajo?

En ese instante se oyó un grito agudo que provenía del piso vecino.

—¡Ya están peleándose otra vez! —exclamó la niña, metiéndose el sobre en un bolsillo de la sudadera y corriendo a su casa.

—Los vecinos... —susurró la mujer al cartero en tono de disculpa y cerró la puerta con un gesto de despedida.

El cartero se dispuso a afrontar de nuevo la bajada por las escaleras para sumergirse posteriormente en el nefasto tráfico de Londres, a lomos de su bicicleta. Tendría que vérselas con los sólidos taxis de color negro, los gigantescos autobuses rojos repletos de turistas, las omnipresentes motos y los coches, centenares de coches que todos los días se echaban a las calles haciendo que su vida fuera un eslalon eterno. Por un instante pensó que sería maravilloso mandarlo todo a paseo e irse a vivir al campo.

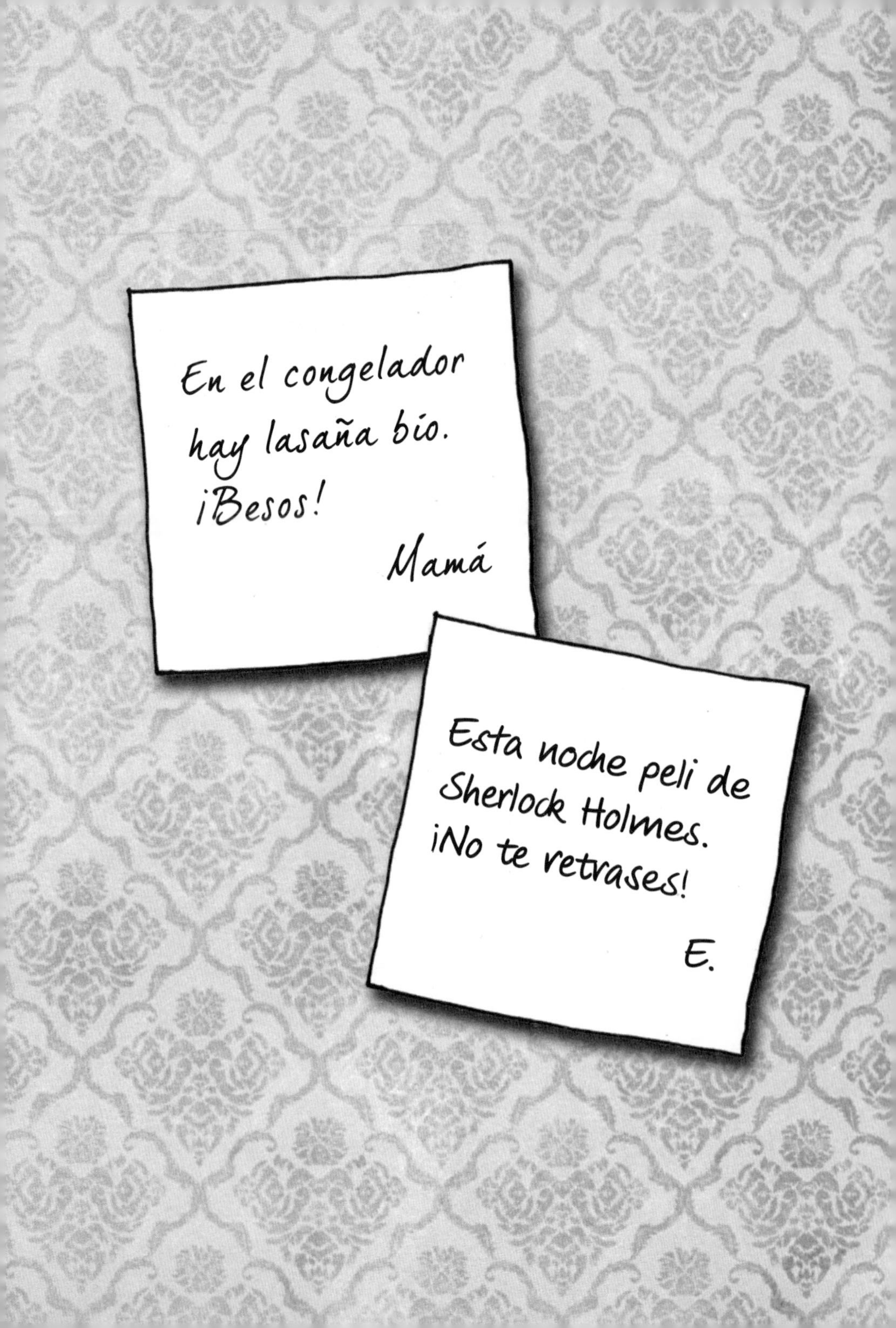
En el congelador hay lasaña bio. ¡Besos!
Mamá
Esta noche peli de Sherlock Holmes. ¡No te retrases!
E.

1. Vecinos, misterios y chocolate caliente

Emily se apartó el cabello rubio del rostro, aproximó la oreja al vaso apoyado en la pared y se puso a escuchar. Los vecinos de al lado, los señores Trelawney, estaban enfrascados en una de sus discusiones habituales.

—Pero ¿qué haces? —exclamó Linda, su madre, dando saltos por el cuarto con un zapato rojo en un pie mientras con una mano trataba de ponerse el que le faltaba y con la otra intentaba atinar con la barra de carmín en sus labios—. No, a usted no, nunca me permitiría... —añadió por el teléfono que sujetaba con la oreja y el hombro, luego asintió varias veces levantando los ojos al cielo—. Mi jefe... —susurró a su hija.

—Ella le está diciendo «¡yo te estrangulo!» —dijo Emily en voz baja—. ¡Y creo que va en serio!

—Sí, estoy ahí en veinte minutos —dijo Linda y colgó—.

Emily, ¿qué te he dicho? ¡No está bien espiar las conversaciones de otros!

—Trato de prevenir un crimen, mamá...

Desde que se mudaron allí, seis años antes, Emily y Linda se habían acostumbrado a convivir con los gritos que procedían del otro lado de la pared. Emily había acabado por considerarlos uno más de los inconvenientes de la casa, como el techo abuhardillado de su cuarto, contra el que era fácil golpearse la cabeza, o el poquísimo espacio que había entre la lavadora y la ducha, que transformaba la higiene personal en todo un ejercicio de contorsionismo. Pero en los últimos días las disputas del matrimonio Trelawney se habían vuelto prácticamente cotidianas. Y, de los dos, la más agresiva parecía la mujer.

—Miras demasiado la tele. Venga, termina de vestirte que enseguida llegará la señorita Kroupp —dijo Linda mientras se ponía los pendientes de clip con forma de botón.

—Mamá, ¡no necesito una canguro! ¡Ya tengo once años! —protestó Emily.

—Emily, no empieces otra vez... Tengo que irme, hay un problema en el trabajo. ¡Hasta luego! ¡Un beso!

—¡Hasta luego! —dijo Emily, despidiéndose con la mano, pero Linda ya estaba fuera.

En ese momento la señora Trelawney lanzó una especie

de bramido y, un instante después, se hizo el silencio en el edificio. Emily se quedó quieta, con el corazón latiéndole a mil por hora. Había ocurrido, pensó: la señora Trelawney había estrangulado a su marido. Unos minutos más tarde, se oyó un ruido todavía más siniestro: la puerta de los vecinos que chirriaba y alguien que arrastraba algo muy pesado por el suelo del descansillo, hasta las escaleras.

¡Zumf! ¡Zumf!

Emily se abalanzó hacia la salida. ¡Quizá la señora Trelawney pretendiera desembarazarse del cadáver!

Pero cuando abrió la puerta, el rellano estaba vacío, y un fantasma vestido de rosa salía del ascensor cerrándole el paso.

—¡Buenos días, cariño! —gorjeó la canguro, quitándose el sombrerito que coronaba sus rizos blancos.

Para cuando logró rodearla, Emily descubrió con desagrado que las escaleras ya estaban desiertas.

—¿Hola, Emily? —dijo la voz de Linda a través del teléfono.

Al fondo se oían conversaciones agitadas, una sinfonía de teclas golpeadas con ímpetu y el *bip* de una impresora.

La boca de Emily se frunció al instante en un pequeño mohín decepcionado.

—Hola, mamá, no me digas que...

Vecinos, misterios y chocolate caliente

—Sí, tengo que quedarme otra vez en la oficina hasta la noche. Mejor cena sin mí.

—Me habías prometido tomarte unos días de vacaciones esta semana... —protestó Emily.

Para Emily el verano suponía siempre un aburrimiento mortal. No era como para sus compañeros de clase, que todos los años contaban los días que faltaban para las vacaciones: ellos, todos ellos, pasaban el verano en sitios maravillosos en compañía de madres, padres, abuelos y primos con un montón de tiempo libre. Y también con un montón de dinero, porque Linda había tenido la desgraciada idea de inscribirla en el colegio más esnob del barrio por aquello de proporcionarle una educación «de nivel».

Emily, en cambio, solo tenía a su madre, que trabajaba en una agencia de publicidad, y eso significaba trabajo, trabajo y más trabajo, y como máximo una semana de vacaciones en un *bed & breakfast*: nada que pudiera rivalizar con las fotos de la barrera de coral o del Gran Cañón de sus compañeros de clase.

El resto de las vacaciones Emily lo pasaba con la señorita Kroupp, una maestra jubilada con una enervante predilección por el color rosa y una vocecilla meliflua más enervante aún. Emily la tenía en casa todos los días, de las ocho de la mañana a las siete de la tarde, y eso conllevaba una larga lista de prohibiciones, entre las que estaba mirar las series policíacas de la tele que a la señorita Kroupp le daban un miedo de aúpa. Y que, mira por dónde, eran las preferidas de Emily.

—Hemos tenido otro imprevisto... —se justificó Linda—. Ya verás que en cuanto terminemos con este anuncio me quedaré más libre. Tres o cuatro días de encierro y a otra cosa, mariposa.

—¡Siempre dices lo mismo! —insistió Emily—. ¿Puedo pedir un kebab esta noche? —añadió de pronto, esperando hacer mella en el sentido de culpabilidad de su madre.

Linda no mordió el anzuelo.

—Hay lasañas biológicas de brócoli en el congelador.

—¿Brócoli? Puaj...

—Y no me esperes levantada.

—¿Hoy también vas a volver tan tarde?

—Emily, no tengo otro remedio. Recuerda que te quiero.

—Ya lo sé —dijo la niña resoplando.

—¡¿Ya lo sé?! —se burló Linda—. ¡Ahora era cuando tú tendrías que haber dicho «yo también te quiero, mamá»!

—Ah, sí... Mamá, es que tengo que ir a...

—Y, encima, mira que no querer comer brócoli con lo bien que sienta —continuó Linda, impertérrita.

—Mamá, hem..., tengo una cosa importante entre manos, hablamos luego.

Vecinos, misterios y chocolate caliente

—¿La señorita Kroupp está ahí, contigo?

—¡Claro! Está... en el baño —mintió Emily.

—Dile que me llame, así la aviso de que regresaré tarde.

—Mamá, ¡te he dicho que ya no necesito una canguro!

—Emily, por favor, no empecemos otra vez con la misma historia. Quieres que te recuerde que...

—Vale, le digo que te llame. ¡Adiós! —y Emily cortó la comunicación por miedo de que Linda volviera a sacar como de costumbre el asunto del señor Wisinsky, o como lo llamaba ella: «el caso del ladrón de periódicos».

Había ocurrido tres meses atrás, cuando de repente todos los periódicos empezaron a desaparecer de los buzones del edificio. El ladrón parecía tener gustos de todo tipo, desde semanarios de cotilleo a periódicos económicos, desde revistas de viajes a publicaciones especializadas en ganchillo. Todos los vecinos andaban de lo más despistados, acusándose unos a otros, así que Emily decidió intervenir y, tras horas de observación y vigilancia, descubrió al culpable. Se trataba del señor Wisinsky, un viejo inquilino a punto de mudarse a casa de su hija, que empleaba los periódicos para embalar su colección de copas de cristal de Bohemia. Lástima que el propio Wisinsky la hubiera descubierto en su trastero mientras fotografiaba las pruebas del delito con su inseparable cámara digital. Y lástima que del susto Emily hubiera dejado caer precisamente una de las cajas que contenían aquellas valiosas copas. Resumiendo, ¡a pesar de desenmascarar al ladrón, al final fue ella la que terminó condenada! Y ahora tendría que soportar a la señorita Kroupp hasta cumplir la mayoría de edad.

Emily se guardó el móvil en el bolsillo, tratando de no mirar abajo. A sus pies rugía el estruendoso tráfico londinense de la hora punta. A gatas sobre el tejado, metro a metro fue superando la distancia que la separaba del balcón de los Trelawney. Unos instantes más y podría examinar con sus propios ojos el lugar del delito.

Para comprender cómo Emily había ido a parar al tejado, es imprescindible dar un salto atrás de diez minutos, al momento en que, fingiendo que hacía los deberes, pensaba en el modo de desenmascarar a la señora Trelawney.

—Hace fresco... —se lamentó la señorita Kroupp, envolviéndose en su rebeca de angora rosa pastel—. Cariñito, por favor, ¿podrías cerrar la puerta?

Emily sintió un escalofrío, más por la bobería de la canguro que por el frío reinante, fue al minúsculo balcón del cuarto de estar y descubrió que la señora Trelawney salía del edificio en ese preciso momento. Instintivamente se volvió hacia el balcón de la vecina y, al ver que tenía los cristales abiertos, se le pasó por la cabeza una idea de lo más audaz. Su mirada recorrió las tejas entre los dos balcones. ¡Era una ocasión única para echar un vistazo al lugar del crimen!

—Será mejor que tomemos algo caliente para merendar —dijo en ese instante la señorita Kroupp, echando una ojeada en la despensa a las galletas sin azúcar, los bizcochos sin grasas y el café sin cafeína de Linda—. ¿Te apetecería un chocolate con nata, tesorito? Voy al bar de abajo a buscarlo, si tú te quedas aquí en plan buenecito —propuso.

Emily se alegró en silencio, puso una sonrisa angelical y respondió:

—Claro, me lo tomaré encantada, muy amable.

Y, en cuanto la canguro cerró la puerta a su espalda, agarró la cámara de fotos y trepó al tejado.

Fue en ese momento cuando Linda llamó por teléfono.

Una vez que Emily hubo terminado la conversación, bajó del tejado al balcón de los Trelawney y entró en el cuarto de estar a pasitos minúsculos, con la espalda pegada a la pared como había visto hacer a los detectives en las películas. Sacó la máquina de fotos y miró a su alrededor atentamente, a la búsqueda de las huellas de una pelea: era imposible que la señora Trelawney hubiese arrastrado afuera el cuerpo de su marido sin desordenar nada, dado que tenía que pasar

Capítulo 1

entre el aparador, la mesa grande y redonda con las sillas perfectamente pegadas a ella y el sofá con los almohadones recién ahuecados.

«Lo habrá colocado todo en su sitio inmediatamente después...», se dijo Emily. Pero las series de la tele enseñan algo fundamental: no hay crimen sin huellas. Emily se puso a cuatro patas para buscar una pista reveladora.

En ese instante un ruido le hizo pegar un bote: alguien estaba dando la vuelta a la llave en la puerta de la entrada. Se puso de pie para buscar un escondite, pero antes de que pudiese decidirse la dueña de la casa apareció en el umbral.

Emily mostró la mejor de sus sonrisas.

—Ejem, buenas tardes, señora Trelawney...

Por un momento la mujer clavó la vista en ella sin decir ni una palabra. Luego estalló.

De pie en el rellano, era evidente que el joven policía se sentía incómodo.

—Si no hubiera regresado a casa al olvidarme la lista de la compra, ¡quién sabe lo que me habría robado esta maleducada! —voceaba la señora Trelawney.

La señorita Kroupp estrujaba entre los dedos un pañuelito de puntillas y miraba a Emily con los ojos brillantes y el labio inferior tembloroso. En tantos años de honorable carrera jamás se había encontrado en una situación tan bochornosa como aquella.

Emily habría querido que el suelo se la tragara. Metió las manos en los bolsillos de la sudadera, y sus dedos se toparon con un sobre. ¡El certificado del cartero! Se había olvidado por completo, y en medio de aquella situación desastrosa le vino de pronto la curiosidad de saber qué contendría... Pero un ruido inconfundible de tacones resonó por la escalera y fue acercándose a toda velocidad. Ahora sí que estaba en un aprieto.

—¡Emily! —gritó Linda corriendo hacia ella.

La señora Trelawney no le dio tiempo de dar un paso más.

—¡La granuja de su hija! ¡Exijo daños morales y materiales!

—Estoy convencida de que se trata de un terrible error —rebatió Linda.

—Pero ¡qué error, su hija se ha metido en mi casa por vaya usted a saber qué siniestro motivo! ¡Es usted una madre irresponsable! ¡Agente, arreste a esta joven!

El policía miró primero a Emily y luego a la señora Trelawney, y tosió molesto.

—¡Mejor será que arreste a esta mujer! —soltó Emily señalando a la vecina—. ¡Ha matado a su marido!

Capítulo 1

—¡¿Quéee?! —chilló la señora Trelawney.

—¡Emily! —exclamó Linda.

—¡Buaaah! —sollozó la señorita Kroupp.

—¡Lo he oído! Se estaban peleando, luego ha salido un grito pavoroso de su piso y un ruido de que arrastraban algo, como si bajaran un cuerpo por las escaleras —relató Emily sin respirar siquiera.

Cuatro pares de ojos se clavaron en ella, desconcertados, y en la sala reinó un silencio espeso, interrumpido tan solo por el chirrido de la puerta del ascensor.

—¡Maldita maleta, ya decía yo que mi mujer la llenaba demasiado! —refunfuñó el señor Trelawney apareciendo en el rellano.

—Pe... Pero... ¡¿está vivo?! —exclamó Emily.

—¡Vivito y coleando, sí, señora! Y también muy enojado: el viaje a Brighton de mi círculo de *bridge* se ha anulado porque el conductor del autocar tiene la varicela. ¡Figúrense! —respondió el señor Trelawney. Y luego añadió perplejo—: ¿Qué está pasando aquí?

En los veinte minutos siguientes los señores Trelawney amenazaron a Linda y a Emily con todo tipo de medidas disciplinarias, poniéndose por fin de acuerdo en algo tras años y años. Cuando el pobre policía consiguió poner un poco de orden en el descansillo, convenciéndolos de que

Vecinos, misterios y chocolate caliente

revocaran todas las acusaciones con la solemne promesa de que Emily y Linda se mantendrían a distancia, llegó el momento de las quejas de la señorita Kroupp.

—Presento mi... ¡snif!... dimisión... ¡buah!... ¡con efecto inmediato! Nunca me habría imaginado... ¡buah!... que tendría que vérmelas con... con ¡la policía!

Una vez que se marchó, Emily esperaba una bronca de cuidado, pero mientras volvían a su casa Linda no dijo nada.

Sin embargo, en cuanto traspasaron el umbral de su piso, abrazó a su hija y exclamó:

—¡No me vuelvas a hacer nunca una cosa así! —pero no añadió nada más.

Esa noche Emily se pasó mucho rato mirando el techo de su minúsculo dormitorio. En él lucían unas estrellitas fosforescentes que Linda y ella habían pegado un domingo de seis años atrás. Se podían reconocer las constelaciones, que habían copiado de un viejo atlas de su madre. Tendida allí, en la oscuridad, oyó que Linda caminaba nerviosa por la casa hasta muy tarde, y no pudo evitar pensar que todavía seguía enfadada con ella. Pero, entonces, ¿por qué no la había reñido? Había algo extraño, pero no lograba comprender el qué.

Receta
de muffin light:
sustituir la
mantequilla por
aceite de semillas

Deberes de
vacaciones:
matemáticas ✓
Inglés ✓
¿Soy o no la hija
+ buena del mundo?

2. Un tal Orville Wright

Cuando Emily abrió los ojos, el reloj marcaba ya las once de la mañana. Y su madre no la había despertado. Se puso la sudadera y los pantalones arrugados del día anterior y salió al pasillo con un nudo en la garganta.

Estaba claro que algo no iba bien. Para empezar, los zapatos nuevos de Linda, por los que sentía verdadera adoración, unos rojos de punta afilada, se hallaban abandonados en medio del pasillo sin ninguna consideración. Y a pesar de lo desapacible del día la casa estaba inusualmente templada y un aroma dulce flotaba en el ambiente. Era un mal presagio, malísimo.

Emily recorrió de puntillas los dos metros que la separaban del pequeño cuarto de estar con cocina americana color amarillo anaranjado. Su madre estaba allí, con el delantal de corazoncitos, un churretón de chocolate en la punta de la nariz y tres fuentes de *muffins* recién horneados.

Linda tenía una manera muy particular de afrontar los problemas. O mejor, varias, y Emily era capaz de reconocerlas todas. Si su madre hacía punto, tenía que vérselas con un problema existencial. Si trasladaba muebles, estaba enfadada con alguien. Si pintaba las paredes, se trataba de asuntos del corazón. Y si preparaba *muffins*, Emily podía tener la certeza de que el problema era laboral. Tres fuentes de *muffins* y la butaca en el lugar del ficus significaban problemas graves.

—Mamá, ¿qué sucede? —preguntó Emily preocupada.

Linda se pasó la mano por el pelo.

—¿Recuerdas que ayer me escapé de la oficina para venir a ver qué tramabas en casa de los Trelawney?

—Sí... —le respondió Emily mordiéndose el labio con una mueca de culpabilidad.

—Mi jefe me echó sin miramientos. «Así tendrá más tiempo para pasarlo con su hija», me dijo ese monstruo —suspiró Linda mordiendo con rabia una de las magdalenas.

—Mamá, lo siento... ¡Es culpa mía! —exclamó Emily.

—Yo, sin embargo, temo que sea culpa mía: no tendría que haber perdido la paciencia. Pero cuando me dijo que no podía irme, le dije...

Capítulo 2

—... ¿Sí? —preguntó Emily.

—Casi mejor que no te lo cuente.

—¿Sapo seboso con cuernos? —adivinó Emily desempolvando para la ocasión el viejo juego de los insultos creativos.

—Hum, casi.

—¿Bola de mocos gigante?

—Mmm, sí, el significado lo has pillado... —ironizó Linda—. ¿Buena la hemos hecho tú y yo, eh? Pero ¿qué pretendías colándote en casa de esa harpía de la señora Trelawney?

—¡Todas las pistas la inculpaban! ¡No me podía imaginar que su marido se fuera de viaje y que lo que oí era el ruido que hacía su enorme maleta al bajarla por las escaleras! —respondió Emily resoplando. Y enseguida añadió—: ¿Y ahora qué hacemos?

—Antes que nada prométeme que no vas a asustarme nunca más como lo hiciste ayer —dijo Linda abriendo los brazos.

—¡Prometido! —exclamó Emily dejándose abrazar por su madre.

—Y ahora comámonos los *muffins* —dijo Linda con una sonrisa tensa—. Total, estaba hasta el gorro del mundo de la publicidad. Tendré que buscar otro trabajo. Entretanto, emplearemos los ahorros para las emergencias y quizá deberíamos buscar una casa más pequeña...

Un tal Orville Wright

—¿Más pequeña que esta? —preguntó Emily con incredulidad mientras abarcaba con un gesto de la mano los cuarenta y cinco metros cuadrados del *loft* abuhardillado de dos ambientes, transformados en tres, en el que vivían.

Linda se encogió de hombros.

Emily probó un *muffin*, dándole vueltas a la situación, y a duras penas logró no escupirlo—. Ejem, ¿qué lleva dentro? Tiene un regusto extraño.

—Aceite de semillas de girasol —respondió Linda—. No contiene grasas saturadas y, encima, es más barato...

Emily suspiró, pero no se molestó en protestar. Tenía otras cosas en la cabeza.

Le estuvo dando vueltas durante todo el desayuno. Y durante todo el día. Y mientras se lavaba los dientes antes de acostarse. Y estaba convencida de que su madre también andaba dando vueltas a lo mismo porque no había pronunciado más de diez palabras en toda la jornada.

Emily siguió pensando bajo la colcha sin lograr conciliar el sueño.

De pronto Linda entró en su cuarto de puntillas.

—¿Todavía estás despierta? —preguntó en voz baja.

—Sí —respondió Emily.

—¿Me dejas un poco de espacio?

Emily se hizo a un lado y su madre se tumbó junto a ella.

Capítulo 2

Se quedaron un rato en silencio mirando su particular cielo estrellado.

—No tienes la culpa. De verdad. La culpable soy yo por no haberte dedicado el tiempo necesario.

—Si no hubiera sido tan estúpida de pensar que la señora Trelawney había estrangulado a su marido, tú todavía tendrías trabajo.

—Ese... «sapo seboso con cuernos» de mi jefe nunca me gustó... Antes o después habría ocurrido. Pero ya verás como salimos adelante: tarde o temprano termina por encontrarse una solución —respondió Linda.

En ese instante la estrella polar se despegó del techo y cayó en la nariz de Emily, que tras un momento de sorpresa se puso a reír de forma incontenible.

—Mamá, ¡una estrella fugaz! ¿Has pedido un deseo?

Linda se puso a reír también.

—Bueno... ¡Justo lo que necesitábamos! —dijo apoyando la cabeza en la de su hija.

A la mañana siguiente Emily se despertó acurrucada en su lado de la cama. Un ruido de teclas pulsadas a toda velocidad le indicó que su madre ya estaba levantada, y que seguro que buscaba en Internet la solución a sus males.

Un tal Orville Wright

—¡Buenos días! He hecho té. Y hay *muffins*, claro —la saludó Linda—. ¿Qué te parece peluquera de perros? ¿O modelo de manos? No, escucha esto: *nariz* de perfumes de calidad...

Emily arrugó la nariz y se puso las manos en los bolsillos de la sudadera, encogiéndose de hombros. Y sus dedos rozaron otra vez el sobre misterioso.

—¡Oh, mira! —dijo sacándolo y poniéndolo sobre la mesa.

—¿Qué es? —preguntó Linda.

Emily pasó los dedos por el papel. En la parte superior ponía su nombre con una grafía elegante llena de perifollos y floripondios.

—La carta de ayer. Con todo lo que ocurrió, me olvidé por completo...

—Ábrela, ¡siento curiosidad! A lo mejor es la carta de un admirador secreto. Podría ser del hijo del *pizzero*, ese que te llama «patilarga» —dijo Linda con una mueca.

Emily sintió que le ardían las orejas.

—¡Mamá!

—Era hablar por hablar.

Emily abrió el sobre, poniendo cuidado de no romperlo, y sacó varias hojas escritas en una letra minúscula.

Una particularmente llamó su atención.

—Mamá, ¡creo que el deseo se ha cumplido! —dijo tendiéndole el papel a Linda.

Capítulo 2

En medio de un montón de términos desconocidos, ponía claramente la palabra *herencia*.

—Es un testamento —confirmó Linda tras examinarlo, y luego murmuró—: Qué extraño...

—¿El qué? —le urgió Emily poniéndose de puntillas para leer por encima del hombro de Linda.

—Tío Orville te ha designado única heredera de sus bienes. Eres propietaria de un *cottage* en Blossom Creek, en el condado de Kent.

—¿Un *cottage* todo para mí? ¡Es fantástico! —exclamó Emily aplaudiendo. Pero tras esa pequeña muestra de entusiasmo su expresión se tornó interrogativa—. Un momento, y ¿quién es tío Orville?

—Orville Wright, el tío preferido de tu padre. Todos los años nos manda una tarjeta por Navidad, o debería decir «nos mandaba»...

—Yo no lo conocía.

—¡Pues claro que sí! Quizá no te acuerdes porque eras pequeña, aunque era un tipo difícil de olvidar. Espera.

Linda fue corriendo a buscar una silla, se subió encima para alcanzar el estante superior de la librería que ocupaba la pared frente a la cocina, y regresó con un gran álbum de fotos en las manos.

Emily sintió un escalofrío que le recorría la espalda. ¡Era

Un tal Orville Wright

el álbum de la boda de sus padres! A la muerte de su padre, lo había hojeado a menudo para tratar de recordar cómo era. Pero un día su madre lo hizo desaparecer y Emily no tuvo el valor de preguntarle. Su padre, Patrick Wright, había muerto seis años antes en un accidente de coche, y Linda tuvo que ocuparse sola de Emily. Cada vez que Linda hablaba de él, le salía una arruga justo en medio de la frente. A Emily le gustaba que le contara cosas de él, pero no aquella arruga, y por eso había dejado de preguntar.

—¡Aquí está! —exclamó Linda señalando con el dedo una foto que la mostraba con apenas veinte años, sonriente, del brazo de un joven altísimo y rubio, con las mismas pecas y la misma mirada algo pensativa de Emily. Quizá también le dijeran a menudo que bajara de las nubes, pensó la chica.

Pero la uña esmaltada de Linda golpeaba la cara bigotuda de un hombre bastante singular. El tío Orville, casi tan alto como su sobrino, iba vestido de lo más elegante, con un traje gris claro, chaleco, reloj de bolsillo, gafas con montura dorada y sombrero de copa.

—¡Vaya bigotes! —comentó Emily.

—Eran de quita y pon. ¡Tenía una colección entera!

—¿Una colección de bigotes? —exclamó Emily, sorprendida—. ¿Crees que también la habré heredado? —añadió mientras se ponía un mechón de pelo debajo de la nariz y reía socarrona.

—Creo que sí. Y también has heredado una actividad —dijo Linda hojeando el testamento.

—¿Una actividad? ¿Qué tipo de actividad? —preguntó Emily.

—Es muy extraño... —balbuceó Linda—. El testamento no lo especifica.

—¿Y si fuera una agencia de publicidad? —propuso Emily—. ¡Así podrías hacerle la competencia al sapo con cuernos!

—Mmm, ¿en una aldea perdida de Kent? Muy difícil. Y, además, no quiero ni oír hablar de publicidad. Es más probable que sea una tienda vieja y polvorienta en la que entre como mucho algún ancianito para charlar.

—¡Venga, mamá, no seas pesimista! ¿Y si fuera una agencia de viajes? Imagínate qué bonito. ¡Podríamos probar todos los viajes antes de proponérselos a los clientes!

—Podría ser una línea de teléfono para corazones solitarios... —fantaseó Linda entrando en el juego.

—¡Buf! ¿Te imaginas qué rollo todo el día oyendo a cardos empalagosos y lelas que buscan a su príncipe azul? —resopló Emily—. ¿Y si fuera una empresa de pompas fúnebres? —volvió a la carga.

Un tal Orville Wright

—Brrr... —hizo Linda arrugando la nariz—. No, desde mi punto de vista andamos equivocadas las dos. Orville era un tipo realmente excéntrico. ¡No olvidemos que tenía una colección de bigotes!

—¿Y qué hacemos para descubrir de qué se trata? ¿No hay ningún número para pedir información sobre la herencia? —preguntó Emily arrancando el testamento de las manos de Linda para echarle un vistazo.

—Tengo una idea mejor —dijo Linda—. ¡Vamos a verlo con nuestros propios ojos! Al fin y al cabo, no tenemos nada mejor que hacer.

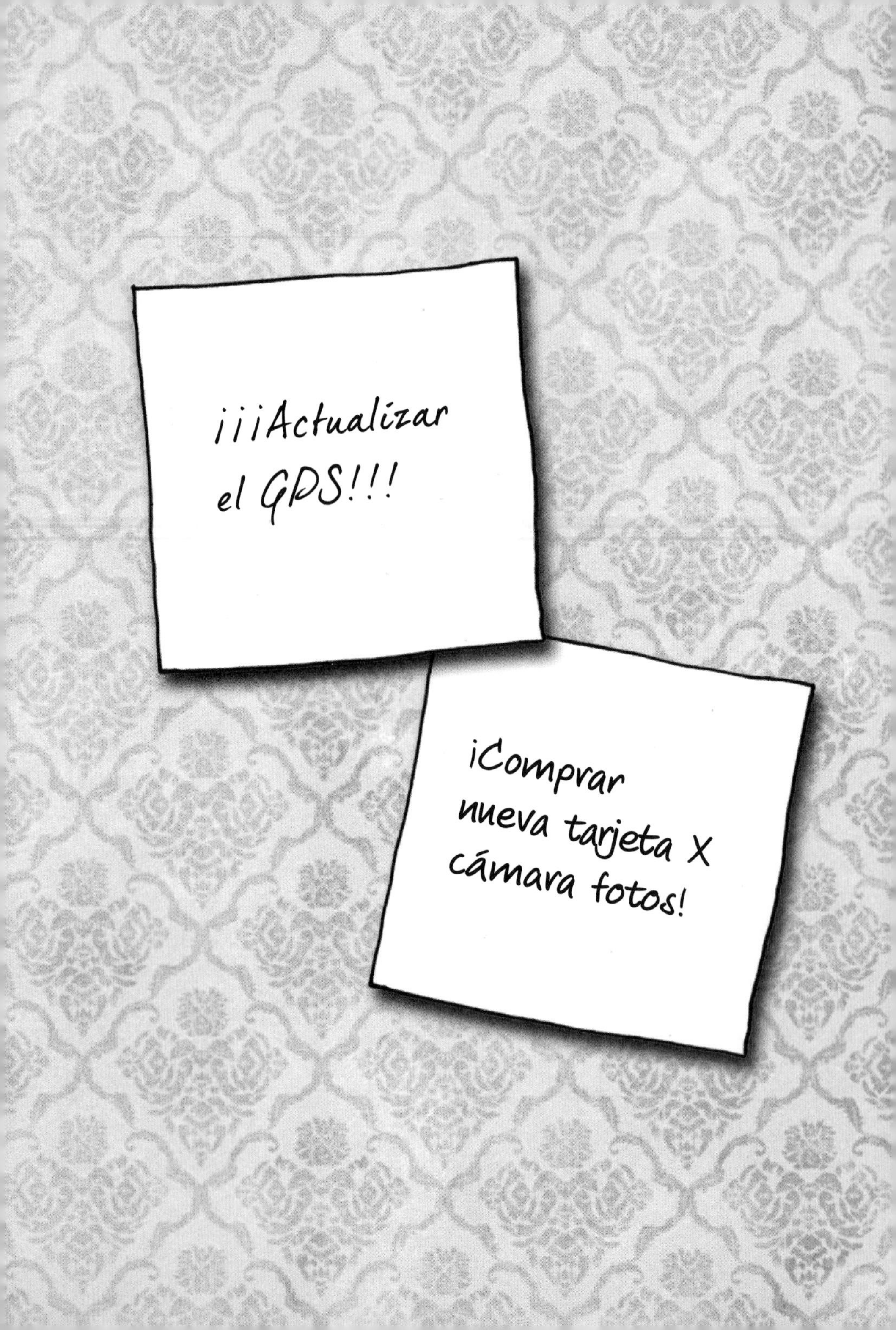
¡¡¡Actualizar el GPS!!!
¡Comprar nueva tarjeta X cámara fotos!

Casitas remotas...

Naturaleza no contaminada...

Nuestro fiel escarabajo

3. Bienvenidas a Blossom Creek

—Tuerza a la derecha —dijo la voz mecánica del navegador satelital.

—¿A la derecha? —respondió Linda—. Pero ¿qué dices...? ¡Hay un campo! Es una especie de... ¡estercolero!

—A la derecha —repitió el navegador.

—¿Qué? ¿Insistes? —resopló Linda—. Según mi opinión, tendríamos que seguir recto.

—Mamá, no creo que te escuche... —se rio Emily.

—A la derecha —insistió el navegador.

—Vale, ganas tú, ¡sabiondo! Por lo que a mí respecta, ya llevamos un buen rato perdidos.

El viejo escarabajo de Linda gimió y crujió para enfilar el camino de tierra a su derecha, y sus neumáticos levantaron una gran polvareda.

—¡Mamá, mira! ¡Un flamenco! —exclamó Emily señalando un ave de patas largas que, molesta por su presencia, alzaba el vuelo.

—No creo que haya flamencos en el condado de Kent. Quizá fuera una grulla, o una cigüeña...

—Qué lugar tan curioso, ¡tiene hasta cigüeñas!

—Sí, sin embargo no tiene carreteras... Y ¿esto qué demonios es? ¿Curvas en una llanura? —protestó Linda iniciando una serie de curvas absolutamente mareantes.

—¡Y molinos de viento! —subrayó Emily observando un grupo de turbinas eólicas blancas en el horizonte.

—¿Y ahora? ¡Lo que nos faltaba: una subidita! —resopló Linda mientras el escarabajo arrancaba tratando de superar el desnivel sobre el que, por puro espíritu de contradicción, el camino subía derecho, ignorando la pendiente. A su alrededor, los campos se extendían hasta perderse de vista, salpicados de flores e interrumpidos aquí y allá por alguna granja solitaria.

—Mira, mamá, ¿no es un poco inquietante? —dijo Emily un rato después, señalando una mansión gris en la cima de una colina cercana—. El cartel dice: «Sherrington Lodge. Escalofríos y fantasmas».

—Mmm, la típica trampa para turistas. Pero tiene un no sé qué de señorial, solo necesitaría una reestructuración... —observó Linda con ojo crítico—. ¡Como este maldito camino, por otra parte!

Capítulo 3

Cuando el parabrisas estaba ya gris de todo el polvo acumulado, Linda vio un nuevo cartel.

—¿Qué pone? —preguntó deteniéndose y accionando el limpiaparabrisas.

Las colinas de alrededor estaban cubiertas de florecillas amarillas, y solo se oía el soniquete de las cigarras y el croar de las ranas.

—¡Blossom Creek! Hemos llegado —respondió Emily.

—Saca el plano que imprimí de Internet, la tienda está señalada con una x: según el testamento las llaves del *cottage* se encuentran allí —dijo Linda apagando el motor.

—Mamá, ¿estás segura de que podemos dejar el coche aquí? ¿Y si viene alguien?

—¿Por este sendero para gnomos? Quién quieres que venga...

Un chirrido imprevisto hizo que ambas se dieran la vuelta. Por detrás de la curva acababa de aparecer una bicicleta, que se dirigía a toda velocidad hacia el escarabajo, levantando una estela de polvo.

—¡Aaahhh! —gritó el ciclista, apenas visible en medio de la nube gris, apretando los frenos con energía y sacando los codos hacia fuera.

—¡Aaahhhhaaahhh! —gritaron Emily y Linda al unísono.

Cuando el impacto ya parecía inevitable, la rueda ante-

Bienvenidas a Blossom Creek

rior de la bicicleta se paró en seco y el ciclista salió despedido y aterrizó entre las florecillas amarillas mientras el velocípedo se volcaba plácidamente con la rueda posterior todavía en movimiento.

Emily y Linda contuvieron el aliento, y con ellas las ranas y las cigarras. Se hizo un silencio absoluto.

—¡No ha sido nada! —chilló el ciclista poniéndose en pie de un salto como accionado por un resorte. Solo entonces Emily se dio cuenta de que se trataba de un chico de su edad. Era alto, más alto que ella, y tenía una mata de pelo oscuro que se le había disparado en todas direcciones.

—¿Te has hecho daño? —exclamó Linda saliendo deprisa del coche—. ¡No tengo perdón! ¿Te has dado en la cabeza? ¿Te has raspado la rodilla? ¿Tienes algo roto? Mueve los brazos. Vale, ahora mueve las piernas.

El chico acató las órdenes con perplejidad. Emily se rio: era difícil decirle que no a Linda cuando le entraba el lado maternal.

—¿Cuántos hay? —preguntó Linda poniéndole tres dedos delante de los ojos—. ¿Cómo te llamas?

—Tres. Pues, Jamie... Me llamo Jamie.

Emily salió del coche, tapándose la boca con una mano para ocultar la risa. Al verla, el chico se quedó pálido de repente.

—¡Un desmayo! —exclamó Linda, dispuesta a sujetarlo.

Capítulo 3

—¡Estoyperfectamentegraciasahoramevoy! —dijo Jamie, y antes de que Linda o Emily pudieran hacer algo agarró la bici y huyó a la carrera.

—¡Espera! —lo llamó Linda—. ¿Sabes dónde está la tienda de comestibles?

Él señaló la aldea.

—Por la calle principal, a la izquierda. ¡La del letrero azul!

Linda miró a Emily, perpleja.

—¿Has sido tú la que le has hecho ese efecto? —luego se le iluminó el rostro, le dio un codazo leve y dijo—: ¡Has causado sensación!

—¡Pero, mamá! —bufó Emily, que no lograba entender el interés de su madre por aquellas chorradas sentimentales.

—Aquí estamos, por fin —dijo Linda señalando un letrero que ponía ULTRAMARINOS. La fachada de la tienda era de madera pintada de azul, y en las ventanas colgaban vistosas macetas llenas de flores.

Dentro, la tienda era una gran confusión de expositores de periódicos y estanterías plagadas de envases. Al fondo había un mostrador y una vitrina llena de tartas, con un aspecto mucho más apetitoso que los *muffins* de Linda. Completaban el mobiliario tres mesitas azules, decoradas con cestas de flores.

Bienvenidas a Blossom Creek

Tras el mostrador había una mujer de entre veinticinco y treinta años, con una espesa melena negra recogida en un moño del que salían dos lápices y varias pinzas. Llevaba una blusa blanca y un jersey color mostaza, y sobre la nariz unas gafas inmensas con la montura azul eléctrico.

—Soy Linda Wright, y ella es mi hija Emily. Creo que Orville Wright dejó algo para nosotras aquí en la tienda —dijo Linda.

—¡Oooh, queridas! ¡Qué terrible! —la mujer salió de detrás del mostrador y abrazó primero a Linda y luego a Emily hasta dejarlas casi sin aliento—. ¡Estaba tan lleno de vida! No paraba quieto ni un minuto. Esa tarde también, a pesar del mal tiempo, salió para pasear por la orilla del río como de costumbre. Y cuando estalló el temporal no logró ponerse a salvo.

—Oh, ¿fue así como desapareció el pobre Orville? —preguntó Linda.

—Lo único que las patrullas de socorro pudieron recuperar fue su bastón de paseo. Desgraciadamente el muro de contención cedió. Un hombre más joven tampoco habría podido salvarse. ¡El río no perdona! Pero soy un desastre, ni siquiera me he presentado: soy Roxi Flint. ¡Bienvenidas a Blossom Creek!

Mientras las apabullaba con su palabrería, Roxi sacó de

un tarro de cristal un bollo enorme recubierto de chocolate y se lo ofreció a Emily.

—Se lo agradezco, pero preferiría que mi hija no comiese... —replicó Linda con amabilidad justo en el momento en que Emily clavaba los dientes en el bollo—... entre comidas —concluyó resignada.

—Te lo ruego, Linda, tutéame. ¡Oh, pero qué estúpida! —dijo Roxi, saliendo de sus propios pensamientos—. Voy corriendo a buscar la llave del *cottage*.

Poco después volvió y le tendió a Linda una llave grande de aspecto antiguo.

—¿El *cottage* está lejos de aquí? —preguntó Emily, emocionada.

—No mucho. ¿Habéis venido en coche?

—Sí, aunque creía que no íbamos a llegar nunca. Dar con Blossom Creek ha sido toda una aventura —dijo Linda.

—¿Tienes un navegador, eh? Me apuesto algo a que os ha llevado de paseo por los campos. Le pasa a todo el mundo. Tendríais que haber seguido doscientos metros, torcer a la derecha en la granja de los Trent y luego girar a la izquierda —desmenuzó Roxi, mirándola por encima de la montura de sus enormes gafas.

Emily y Linda intercambiaron una mirada de perplejidad, pero Roxi continuó impertérrita:

Bienvenidas a Blossom Creek

—Y tomar la primera no, la segunda tampoco, la tercera a la derecha, delante del cartel para Oaktown. O sea, por la otra parte del cartel para Oaktown, claro, si no ¡quién sabe dónde habríais ido a parar! Bueno, es una forma de hablar, es evidente que habríais acabado en Oaktown.

Emily carraspeó educadamente para disimular una risita.

—Hum, complicado, ¿eh? —preguntó Linda en un intento de detener aquel monólogo.

—A decir verdad, una vez que te acostumbras es facilísimo. Ya veréis como en poco tiempo vosotras también conoceréis Blossom Creek como la palma de vuestra mano.

—En realidad, no creo que nos quedemos mucho.

—¡Oh, qué lástima! ¡Es agradable que venga alguien de fuera! ¿Sabéis? Yo quiero a Blossom Creek, pero... —dijo Roxi bajando la voz y aproximándose con aire conspirador— ¡es tan provinciano! Vosotras, en cambio... enseguida se ve que sois de ciudad. De Londres, ¿me equivoco?

—¡Sí! ¿El tío te habló de nosotras? —respondió Emily, sorprendida.

—Por desgracia, no. Pero, Linda querida, tus zapatos prácticamente están gritando «provenimos de la *City*», ¡por no hablar de ese vestido! Lo vi en el *Fashion Magazine* del mes pasado, fa-bu-lo-so.

Capítulo 3

Linda se alisó complacida los pliegues de la falda de lunares.

—¿Te gusta? Me lo compré de rebajas...

—Ejem... —hizo Emily, que sentía una alergia aguda por las conversaciones sobre ropa.

—Y, además, ¡Emily tiene el auténtico *look* de Londres! —continuó Roxi, dando golpecitos con la uña esmaltada en azul eléctrico sobre la portada de una revista que mostraba la sonrisa de conejo de una modelo bastante dentuda.

—¿Porque tengo los dientes separados? —preguntó Emily, dubitativa.

—¡Es tan chic! —confirmó Roxi, y Emily sonrió, halagada de pronto.

—Ejem... —hizo Linda, imitando a su hija y sonriendo astutamente.

Emily se rehízo de inmediato, para no dar satisfacción a su madre.

—Pero basta de cháchara —siguió Roxi—. Llegar al *cottage* es fácil: tenéis que seguir a lo largo de esta calle y girar a la derecha después de correos. Adelante durante unos trescientos metros, luego a la izquierda, pasad bajo el arco romano, seguid recto hasta que salgáis del centro, luego tomad de nuevo a la izquierda y en el mojón id a la derecha. Prestad atención porque está cubierto por un arbusto de moras y casi no se ve. Después, cuando lleguéis a la encina grande...

—Oye, si no te causa demasiado trastorno, ¿no podrías acompañarnos? Ya me he perdido... —la interrumpió Linda.

—¡Por supuesto! ¿Cómo no se me ha ocurrido antes? —respondió Roxi acompañándolas fuera.

Luego cerró a su espalda y giró el cartel de la tienda del lado del VUELVO ENSEGUIDA.

—¡Pero yo quería un café! —protestó un joven con mono de mecánico corriendo tras ellas.

—¡Oh, Phil, espérate diez minutos, anda! Ahora tengo que irme. Debo acompañarlas al *cottage* de Orville Wright ya que no conocen la zona. Son las herederas —dijo Roxi, añadiendo con orgullo—. Vienen de Londres, ¿sabes?

Phil resopló, para nada impresionado, y se apoyó en el muro con los brazos cruzados. Aún no lo sabía, pero pronto tendría su pequeña revancha.

Latas para
el gato
(¿existirán
las bio?)

¿Cuál era la
actividad del
tío Orville?
¡Investigar!

Matthew,
el jardinero

El gato
Percy

Hoyuelo irresistible
de mamá

4. Un cottage lleno de misterios

—¡Pero es precioso! —afirmó Emily, extasiada ante la vista del *cottage* del tío.

Roxi se había despedido a toda prisa, sintiéndose culpable por el café que le había negado al pobre Phil, pero no antes de haber dejado su número de teléfono a Linda, «para cualquier eventualidad».

—Sí, no está nada mal —admitió Linda, contemplando la casa de ladrillos claros, decorada con macetas de flores colgadas de elegantes floreros de hierro batido, y con un jazmín que trepaba por la fachada.

—¡Y mira cuánto espacio! Y qué jardín... ¡Igual que nuestro piso de Londres!

—¿Qué le pasa a nuestro pisito de Londres? —preguntó Linda a la defensiva—. Un jardín tan grande... ¡lo cansado que debe de ser mantenerlo en orden!

—Pero piensa, mamá: ¿no te gustaría pasar el verano aquí? ¡Hace tantísimo tiempo que no nos vamos juntas de vacaciones!

—¡Pero si todavía no has visto cómo es por dentro! ¿Y si fuera una especie de museo mugriento?

—¡Vamos a verlo!

Linda sacó del escarabajo las bolsas de viaje y se dirigió a la puerta, sobre la que estaba colgado un cartel de CERRADO.

—¿Según tú a qué viene esto? —preguntó Emily.

—Esa actividad tan fantasmal podría ser un *bed & breakfast* —sugirió Linda.

Emily fue la primera en entrar. El vestíbulo era pequeño pero luminoso, recubierto con paneles de madera blanca, como la escalera que conducía al piso superior.

—Ánimo, ayúdame a abrir las ventanas; huele a cerrado —dijo Linda.

Emily husmeó el aire y llegó a la conclusión de que era más bien un olor a madera y tela, a polvo, flores y papel. Olía bien.

A medida que la luz empezó a entrar por las ventanas, Emily vio que la casa tomaba color. A la izquierda, justo después del vestíbulo, había una cocina con una tripuda estufa esmaltada, y la vajilla alineada a la vista sobre una pila de la que colgaba una cortinilla de cuadritos. Apoyada

en la pared había una alacena de madera, en la que se apilaban platos y tazas a flores con los bordes dorados, mientras que en el centro del cuarto destacaba una mesa con la
superficie de mármol.

Emily abrió todos los cajones y levantó todas las tapas.
En la alacena quedaban azúcar y té negro, una lata de aren-
ques ahumados y un paquete de galletas escocesas. El tío
Orville debía de ser un amante de los sabores fuertes.

—Uff, todo esto parece salido de un mausoleo... —resopló
desde el cuarto vecino Linda, que sin colores brillantes y
lámparas de diseño no se sentía a gusto.

—¡A mí me gusta! —dijo Emily reuniéndose con su madre
en el comedor.

—Mira, también hay fruta de cera —respondió Linda señalando el centro de la mesa: una cesta repleta de manzanas, peras y racimos de uva falsos—. ¡Por no hablar de esa
naturaleza muerta! ¿Quién querría comer frente al retrato
de un faisán tieso?

—Bueno, los cuadros se pueden cambiar...

—¿Y este papel? —volvió a la carga Linda entrando en el
salón y señalando el empapelado de color burdeos con
pomposos motivos dorados—. Me parece que es un crimen
tener algo tan feo. Y tú ya has tenido problemas con la jus-
ticia... —se rio Linda.

Un cottage lleno de misterios

—¡Buf! —hizo Emily—. Podríamos quitarlo y pintar la pared. Y tiene hasta chimenea... ¡Siempre he soñado con tener una!

Linda se puso seria, asumiendo la expresión que reservaba para las conversaciones importantes.

—Emily, sé que han sido unos días difíciles, y esta herencia nos ha venido como del cielo. Pero no quiero que te crees expectativas poco realistas. No estamos aquí para quedarnos —dijo con tono serio.

—¡Pero si ni siquiera has visto cómo es el piso de arriba! —exclamó Emily, subiendo por la escalera a la carrera y armando mucho ruido.

Emily oyó que Linda suspiraba, pero no se volvió. En el piso superior abrió todas las puertas y se topó con el baño y dos dormitorios. Entró en el más pequeño y se tiró sobre una cama de hierro cubierta con un edredón *patchwork*. Pocos instantes después Linda asomó la cabeza por la puerta.

—Y en el baño hay una bañera —dijo Emily, entre bote y bote—. ¡Siempre has dicho que tu baño ideal debía tener bañera!

Linda le echó una mala mirada.

—¿Y según tú cómo podremos quedarnos aquí todo el verano? Tengo que volver a Londres y buscarme un trabajo —insistió.

Capítulo 4

—¡Podrías dedicarte a la profesión del tío! —propuso Emily.

—Pero si ni sabemos qué tipo de profesión era...

—Exacto. Ha llegado el momento de averiguarlo —respondió Emily, saltando de la cama y corriendo de nuevo hacia abajo.

—¡Hay una habitación que no hemos mirado todavía! ¡Justo al lado del vestíbulo, junto a la escalera! —anunció a gritos una vez que llegó allí.

Luego empujó la puerta, y entró.

Las paredes estaban completamente ocupadas por una gran librería de madera, en la que se apilaban centenares de libros y extraños objetos. Emily examinó el cuarto todavía sumergida en la penumbra. Había tres estatuillas con forma de elefante, una *matrioska*, decenas de relojes de todos los modelos y dimensiones, una flauta, diversos blocs de notas, ocho pipas alineadas en un soporte de madera, una pantufla de pana roja y una arqueta extrañísima de cristal que contenía un grifo dorado, de esos de forma anticuada, de trébol. En una caja forrada de seda azul había guardados veinticinco bigotes falsos.

—¡Entonces era cierto! —dijo la niña probándose un mostacho color bronce y mirándose en el espejo oculto en el interior de un carillón, que una vez abierto comenzó a tocar

Un cottage lleno de misterios

una melancólica melodía mecánica. Un escritorio imponente estaba colocado en diagonal justo en el centro del cuarto, encima de una alfombra persa. Tras él había una gran ventana, y enfrente, dos butacas con el respaldo alto y rígido.

Emily abrió la ventana de par en par, tomó los blocs y se sentó frente al escritorio, dispuesta a leer los secretos más íntimos de su tío. Pero al abrirlos, se desilusionó mucho: las páginas estaban en blanco. Meciéndose en la silla, dejó vagar la mirada a su alrededor, imaginando al tío sentado exactamente en ese sitio, enfrascado en su misteriosa actividad.

En ese momento sonó el timbre y Emily, sorprendida, se balanceó demasiado hacia atrás. Para no caerse, se agarró al borde del escritorio y abrió un cajoncito.

—¡Voy yo! —anunció Linda desde el pasillo.

—Pffh... —suspiró Emily colgada del mueble, recobrando el equilibrio.

Y su suspiro de alivio se transformó de inmediato en un «¡Oooh!».

En el cajoncito había una pequeña caja de metal dorado, sobre la que estaba pegado un trozo de papel con unas pocas letras escritas a pluma: *Emily*. Dentro de la caja, Emily encontró una llave, y bajo la llave, una nota:

«Espero que mi legado sea digno de tu insaciable curiosidad».

Capítulo 4

—¡Mamá! ¡He encontrado otra cosa que me ha dejado el tío...! ¿Mamá?

Con la llave y la nota en la mano, Emily corrió a buscar a Linda, pero una vez en el pasillo oyó una voz desconocida. Sacó la cabeza por la puerta de la calle y vio a su madre en compañía de un hombre alto y moreno, que llevaba un gato en brazos.

Pero Linda no parecía haberse dado cuenta de la rareza del bicho, tan concentrada como estaba en observar al desconocido mientras mecía incontrolablemente un pie.

—¿Y por qué no puede quedárselo? —preguntó con voz empalagosa.

Emily levantó los ojos al cielo.

—Es que no vivo solo —explicó el hombre, con la vista fija en las punteras de sus botas de *trekking*—. Y mi Flora detesta los gatos.

—Cosas que pasan, mi madre tampoco los soporta —respondió Linda con una risita, ocultando con la mano lo que a Emily le pareció una expresión algo decepcionada.

—¡Ejem! —hizo Emily, tratando de atraer la atención de Linda, que solo tenía ojos para el visitante desconocido.

—Emily, ven a conocer a Matthew, es el hermano de Roxi, la propietaria de la tienda. Trabaja de jardinero.

—Hola —dijo Matthew, luego carraspeó aguantando una carcajada.

Un cottage lleno de misterios

Llevaba una camisa de cuadritos que dejaba entrever una camiseta roja descolorida y unos vaqueros de color claro.

—Hola —respondió Emily con sequedad, permaneciendo en el umbral del *cottage* y mirándolo de reojo mientras se preguntaba a qué venía la risa. Luego recordó el bigote, se apresuró a quitárselo y se lo metió en el bolsillo.

—¿Y de qué raza es el gato? —preguntó para desviar la atención.

El animal era atigrado, color café con leche, tenía dos orejas enormes colocadas a los lados del pequeño hocico con forma de triángulo y la expresión más enfadada que Emily había visto en un felino. Su cuerpo era delgado y pelón. Emily pensó que tenía el aspecto de una momia recién llegada del más allá.

—Un Devon Rex, se llama Percy. Era el gato de Orville. Por desgracia no me lo puedo quedar... —respondió Matthew pasándose una mano por el pelo corto y negro con una expresión de disgusto.

—Ni nosotras. En Londres no tenemos espacio para un gato... —dijo Linda.

—Creía que queríais mudaros aquí.

—No, nos quedaremos solo hasta mañana, como mucho hasta pasado mañana... —explicó Linda.

—Oh. Qué lástima —dijo Matthew.

Capítulo 4

El rostro de Linda se iluminó.

—Eh, sí, una lástima, porque no sé a quién endosarle el viejo Percy, y si Flora tiene que vérselas de nuevo con él me temo que caiga presa de una crisis de nervios —explicó Matthew.

—Comprendo —dijo Linda, tratando de disimular la desilusión—. Hagamos lo siguiente: de momento nos lo quedamos nosotras, y entretanto pensaré una solución.

Mientras Matthew le pasaba el gato a Linda, sus manos se rozaron por un instante y por un instante también los dos se quedaron inmóviles, los ojos verdes de ella perdidos en los negros de él. Luego Percy interrumpió la magia del momento con un «Miau» desabrido.

—Ejem, tengo que irme —dijo Matthew algo incómodo—. ¡Adiós!

—Adiós... —suspiró Linda.

Mientras Matthew desaparecía al otro lado de la calle, Emily miró a su madre cruzándose de brazos.

—¿Qué pasa? —preguntó Linda arqueando una ceja.

—No te hagas la tonta: ¡te ha salido hasta el hoyuelo! —dijo Emily en tono acusador mientras la señalaba con el dedo índice.

—¿De verdad? —preguntó Linda y, al sonreír, acentuó todavía más la arruguita de su mejilla izquierda, que confería a su expresión un calor capaz de deshacer un iceberg.

Un cottage lleno de misterios

—Como si no supieras que es tu arma secreta... —continuó Emily.

—¡Manos arriba! ¡Tengo un hoyuelo y no me da miedo usarlo! —bromeó Linda.

—Admítelo, ese hombre te gusta, ¡se ve a la legua!

—Venga, anda, si acabamos de conocernos... —respondió Linda riéndose como una niña.

—¡Era tan evidente que lo ha notado hasta Percy! —insistió Emily, tomando el gato de los brazos de su madre y mirándolo de cerca—. ¿Verdad, Percy?

«Miau», hizo él con sequedad, devolviéndole la mirada con sus grandes ojos abombados.

—¡¿Lo has vito?! —sentenció Emily.

—¡Ah, vale, si lo dice el gato! —rebatió Linda agitando una mano—. Y además está casado. Su mujer se llama Flora.

—Estabas tan concentrada en mirarlo con ojos de cordero degollado que ni le has preguntado si sabía algo de la profesión del tío Orville. ¡Pero quizá haya encontrado yo la respuesta! —dijo Emily mostrando a Linda la nota y la llave.

—¡Esto sí que es un misterio! Parece casi la caza del tesoro.

—Solo es preciso averiguar qué abre. ¿Me ayudas?

—Primero tengo que ir al pueblo un momento, creo que he visto una agencia inmobiliaria —Linda se puso seria de golpe—. Escucha, al fin y al cabo el *cottage* es tuyo y yo no puedo decidir venderlo. Pero podríamos alquilarlo, hasta que seas lo bastante mayor para decidir qué hacer con él.

—¿Y si hubiera un tesoro oculto en alguna parte, y la llave sirviera para dar con él? ¡Ya no necesitarías un trabajo nuevo y podríamos quedarnos aquí! —protestó Emily.

—Hagamos una cosa: tú mientras tanto búscalo, nunca se sabe... —dijo Linda sacando las llaves del coche.

Horas después, Emily se dejó caer en una de las butacas del despacho resoplando decepcionada. Había rebuscado en todos los cuartos y probado todas las cerraduras, sin dejarse ninguna puerta ni ningún armario. Miró bajo las camas y en los roperos, levantó las alfombras y movió los muebles. Se comió sin rechistar la cena a base de verduritas estofadas y pollo a la plancha preparada por Linda, y a continuación siguió con la investigación. Revolvió cada rincón de la casa, pero la utilidad de la llave continuaba siendo un misterio.

—Podría abrir cualquier cosa, y ¡a este paso no lo descubriré nunca! —se lamentó Emily.

Percy, que desde que lo metieron en la casa, se había refugiado en el despacho del tío Orville, acomodándose sobre un estante de la librería, la miró con expresión torva.

«Miau».

—Eh, sí, ¡es realmente complicado! —le respondió Emily.

Un cottage lleno de misterios

«Miaaau», hizo Percy mirando por la ventana.

—Es cierto, ¡podría estar fuera! ¡Bravo, Percy! —exclamó Emily saliendo al jardín.

Recorriendo el perímetro de la casa, dio con una vieja bicicleta medio sumergida en el jazmín, una regadera de aluminio y una mesita de hierro rodeada por cuatro sillas desparejadas, dos macetas redondas y la instalación del riego, pero nada de aquello tenía cerradura. Mientras el sol se ocultaba, Emily exploró el jardín a la búsqueda de terrones sueltos, trampillas o puertecitas.

Estaba tratando de trepar a un arbolillo para tener mayor campo visual cuando sintió que un escalofrío recorría su espalda. Miró a su alrededor soltando la rama y aplastándose contra el tronco. Tenía la sensación de que la estaban observando.

¡*Cric!*, hizo algo al otro lado del seto.

Emily pegó un respingo: se trataba del ruido de una ramita quebrada. Dirigió la mirada hacia allí y vio una mata de pelo oscuro y despeinado que asomaba por encima del seto.

—¡Eh! ¿Quién eres? ¿Por qué me estás espiando? —preguntó acercándose, dispuesta a la batalla.

La mata de pelo se movió primero a la izquierda y después a la derecha, como si buscara una vía de escape.

—Hem, yo... —dijo una voz de chico.

Capítulo 4

Poniéndose de puntillas, Emily miró al otro lado del seto. El pelo pertenecía a alguien poco más alto que ella. Y esos ojos ya los había visto antes...

—¡Eres el ciclista! ¡El que se ha caído en el campo! —exclamó Emily—. ¿Qué haces detrás del seto?

—Realmente, si quieres saberlo, paso por aquí todos los días con la bici —respondió el chico a la defensiva.

—Ah, ¿sí? ¿Y todos los días espías dentro del jardín?

—No. Pero he oído un ruido, y como aquí ya no hay nadie, se me ha ocurrido comprobarlo. No sabía que ahora estuvieseis vosotras —dijo el joven ciclista asiendo la bicicleta, y antes de que Emily pudiera decir algo, ya se había volatilizado.

—Eh, ¿sabes a qué se dedicaba Orville Wright? —le gritó Emily, pero solo le respondió el rumor del viento.

Algo más tarde, cuando ya se estaba haciendo de noche, Linda apareció en la puerta.

—Emily, ¿dónde estás? —la llamó.

—No hay nada que se pueda abrir con una llave, ¡aquí tampoco! —respondió la niña.

—¿Antes hablabas con alguien?

—No —se apresuró a decir Emily—. Bueno, ha pasado el ciclista, pero se ha ido enseguida.

—¿Ves? ¡Ya te he dicho que le habías gustado!

—¡Pero si ni siquiera sabía que vivíamos aquí!

Un cottage lleno de misterios

—Sí, todos dicen lo mismo... Ven dentro, ¡ya no se ve nada! —dijo Linda adelantando un paso y hundiendo los tacones en el terreno blando—. ¡Uff, mis zapatos nuevos! —se lamentó.

Emily soltó una carcajada.

—¿Por qué crees que el tío me dejó ese mensaje? Parecía conocerme bien...

—Tal vez probó si daba en el clavo —dijo Linda pasándose una mano por la cara. Un segundo después allí estaba la arruga vertical, en su frente, y Emily comprendió adónde iría a parar la conversación—. Tu padre era muy curioso. Orville puede haber pensado que tú lo serías también. Ya sabes, de tal palo tal astilla —concluyó Linda, se giró y desapareció en el *cottage* con los zapatos en la mano—. O puede que el tío Orville solo quisiera gastarte una broma, ya te he dicho que era un excéntrico... —añadió desde el interior, con voz alegre—. Venga, entra, ya lo pensaremos mañana.

—Voy —respondió Emily, caminando hacia la puerta.

Por un momento contempló el cartel de CERRADO y pensó que, ahora, ya no era apropiado. Se encogió de hombros y le dio la vuelta, para que pusiera ABIERTO, lo que resultaba más acogedor. No imaginaba que ese pequeño gesto aparentemente casual le cambiaría la vida para siempre.

Llamar:
- agencia inmobiliaria
- mecánico

¿Tendré yo también madera de detective?

Diario del tío Orville

Biblioteca del perfecto detective

La máquina de escribir del tío

5. La Agencia Wright

Emily se despertó de sopetón.

—Mamá, ¿qué es ese ruido? —preguntó en voz alta, sacando la cabeza fuera de la manta.

Una serie de golpes secos y repetidos parecía sacudir el *cottage* desde sus cimientos.

—Alguien que llama a la puerta —respondió Linda también a gritos desde el cuarto de enfrente.

—¡Pero son las seis de la mañana! —dijo Emily, sorprendida, tras mirar el reloj del móvil.

—Serán las costumbres del campo, aquí la gente se despierta con las gallinas.

—¡A lo mejor es alguien que necesita ayuda! Vamos a ver —exclamó Emily saltando de la cama y frotándose enérgicamente la cara para borrar los últimos restos de sueño.

—Ponte por lo menos algo encima del pijama... —dijo la voz de Linda desde su dormitorio.

Pero Emily ya corría por las escaleras, agitando su melena rubia.

Poco después, soplando y restregándose los ojos, Linda apareció en el vestíbulo vestida del todo, justo en el momento en que Emily abría la puerta.

Ante ellas había una mujer de rostro rosáceo, con el pelo pajizo peinado en pequeños rizos con forma de rulos y un traje de chaqueta a cuadritos que más que *vintage* se podría definir como antiguo.

—Buenos días, soy Petula Pettigrew; presto servicio como cocinera y gobernanta en Sherrington Lodge, la mansión del mayor Trevor Sherrington. Perdonen la hora, pero he pensado que podría venir antes del desayuno: el mayor no debe saber que estoy aquí —dijo la mujer con un fuerte acento escocés, entrando sin más ceremonias en el *cottage* y caminando hacia el despacho.

Emily y Linda intercambiaron una mirada de perplejidad.

—¿Sherrington Lodge? ¿Pero no es la de los fantasmas? —dijo Emily a media voz, mientras el taconeo de la cocinera se perdía tras la puerta del despacho.

—Me huele a timo —le susurró Linda.

Madre e hija siguieron a la mujer al despacho del tío Orville y la encontraron sentada en una de las butacas. El gato Percy, acurrucado sobre la librería, se estiró y miró a la invitada con una expresión arisca, para luego darse la vuelta y comenzar a roncar de nuevo.

—Todo empezó hace unos tres meses. Sherrington Lodge siempre ha tenido fama de casa encantada, y hace un año el mayor pensó en emplear esas habladurías en propio beneficio y empezó a organizar visitas guiadas, que efectivamente dieron algunos frutos.

—Vimos el cartel al venir —dijo Emily con curiosidad, sentándose en la otra butaca.

—Muy bien. Algunas malas lenguas lo califican de trampa para turistas —continuó la cocinera, y Emily echó una mirada a su madre, que hizo como que no se daba cuenta—. Pero en realidad es solo un modo ingenioso de mantener viva esa casa tan grande, que es un pedazo de historia del condado de Kent, pero qué digo, de toda Gran Bretaña. Y los visitantes que acuden a manadas esperando ver fantasmas se van sabiendo algo más sobre la historia de nuestro maravilloso país —explicó la cocinera emocionándose—. ¡Se podría decir que nuestro querido mayor es un benefactor del pueblo!

—Perdone, señora, no querría parecer descortés, pero todo eso qué nos... —trató de interrumpirla Linda, sentada sobre el brazo del asiento de Emily.

—Usted, querida, tiene razón -respondió la cocinera batiendo las pestañas con afectación—. Pero enseguida llego al meollo del asunto. Hace unos tres meses comenzaron a ocurrir cosas realmente extrañas. Ventanas que se abren de improviso, puertas que se cierran, cuadros que desaparecen y aparecen en lugares diferentes, armaduras que suspiran... —enumeró doblándose hacia Emily y Linda, que instintivamente se aproximaron, encogiéndose de hombros—. Susurros que nos despiertan en lo más profundo de la noche, lamentos que parecen provenir de ultratumba...

«Miaaau», hizo Percy en pleno sueño y las mujeres se sobrecogieron.

—Ejem... —carraspeó Linda, tratando de reponerse.

Emily, a su lado, se rio avergonzada y echó una mala mirada al gato.

—Comprendan, al principio eso de los fantasmas era solo un rumor. Y el mayor es una persona seria, nunca ha usado truquitos de tres al cuarto para asustar a los turistas. Se limitaba a contarles historias de su familia, y ellos se iban tan satisfechos. Además, eso de contar al mayor se le da de maravilla... —suspiró la señorita Pettigrew.

—Pero a nosotras qué nos... —Linda trató de interrumpirla otra vez.

Pero la cocinera era imparable, con su cháchara escocesa.

Capítulo 5

—Al principio no le dimos importancia: pensamos que podría tratarse de algún visitante con ganas de juerga. Pero luego empezaron a suceder accidentes. Una alabarda se cayó sobre el pie de un visitante. Todas las ventanas del invernadero se abrieron durante un temporal aterrorizando y empapando de lluvia a una comitiva de japoneses. Un vestido, que había pertenecido a la tatarabuela del mayor, empezó a seguir a unos colegiales e hizo caer a la profesora por las escaleras... ¡El asunto se está haciendo cada vez más inquietante! Se ha corrido la voz de que Sherrington Lodge está habitado por espíritus muy peligrosos, y los turistas empiezan a escasear. Algunos incluso han cancelado sus reservas... ¡Es un auténtico desastre! —concluyó la señorita Pettigrew, tomando por fin aliento. Bajó el tono de voz y miró a su alrededor, circunspecta—. El mayor no nada en la abundancia y sin ese dinero podría verse obligado a... ¡Oh, Dios, no quiero ni pensarlo!

La cocinera sacó del bolsillo un pañuelito de cuadritos, a tono con el traje de chaqueta, y se sonó la nariz ruidosamente.

Linda aprovechó para hacer por fin su pregunta:

—Estoy desolada, señora, de verdad... Pero ¿qué pintamos nosotras en todo esto?

—¿Cómo? —respondió la señorita Pettigrew—. ¿No son las nuevas propietarias de la Agencia Wright?

La Agencia Wright

—¿La Agencia Wright? —preguntó Emily, emocionada.

—Claro, ¡la Agencia de Investigación Wright! En la puerta está el cartel de *abierto*, y en el pueblo corre el rumor de que han llegado las nuevas detectives. ¿Me equivoco?

«Miau», hizo Percy, aguzando las orejas.

Ante un té humeante, Linda contó a la señorita Pettigrew toda la historia de cómo ella y Emily habían llegado allí, y de cómo se irían dentro de poco.

La señorita Pettigrew se desinfló como un *soufflé* que se va a pique.

—Infinitas excusas, de verdad, no me podía imaginar... He visto el cartel de *abierto*, y he pensado que...

Aclarado el equívoco, Linda dejó de prestar atención casi enseguida a las palabras de la cocinera, y clavó los ojos en Emily con mirada inquisidora.

—No —dijo, apoyándose en la puerta, en cuanto se hubieron despedido de la señorita Pettigrew.

—¡Pero si aún no he dicho nada! —protestó Emily.

—Pero estás a punto de hacerlo, y la respuesta es no. Ya tenemos un montón de problemas, y tú ya actúas de manera bastante irreflexiva en las situaciones normales, así que ¡imagínate!

—Pero, mamá, ¡una agencia de investigación! Es más, no

Capítulo 5

una agencia: ¡la Agencia de Investigación Wright! ¡Mi sueño se ha cumplido! —exclamó Emily pegando saltos de la emoción hasta transformarse en un torbellino de cabellos rubios.

—¡Es eso precisamente lo que me preocupa! ¿O tengo que recordarte los líos que has organizado en los últimos días, yendo a la caza de delitos inexistentes?

—El señor Wisinsky robó de veras los periódicos —protestó Emily cruzándose de brazos.

Linda le lanzó una mirada llena de elocuencia.

—Y con respecto a la señora Trelawney, desde mi punto de vista solo es cuestión de tiempo que su marido tenga un final desgraciado...

—Emily... Esta es la vida real, ¡no una de esas series de la televisión que te gustan tanto!

—Te lo rueeegooo... —insistió Emily juntando las manos.

—No.

—¡Pero el tío me la ha dejado en herencia!

—Y cuando alcances la mayoría de edad podrás hacer lo que quieras, pero ahora ponte a hacer las maletas: volvemos a Londres —respondió Linda con firmeza, señalando el piso de arriba.

—¡No es justo! ¡Ni siquiera he descubierto para qué vale la llave!

—Seguro que se trata de una broma de ese estrafalario de tu tío. ¿Cómo puedes pensar que era un tipo serio? ¡Tenía una colección de bigotes! —prorrumpió Linda abriendo los brazos.

—Es mi herencia, el tío Orville me escribió a mí, ¡tú no puedes decidir qué hacer! —se obstinó Emily, mirando a su madre a los ojos con expresión irritada.

—Y tú eres mi hija, y yo decido todo lo que es bueno para ti.

—¿Y entonces nos volvemos para morirnos de aburrimiento en nuestra casa de Londres hasta que encuentres un buen trabajo y comiences otra vez a no tener tiempo para estar conmigo? —soltó Emily, y salió corriendo a grandes zancadas por las escaleras.

—Emily... —trató de detenerla Linda, pero ella cerró la puerta del dormitorio a sus espaldas.

Apareció media hora después, vestida con vaqueros, camiseta de algodón y deportivas; la bolsa de viaje en la mano.

—Estoy preparada —dijo levantando la barbilla, muy seria.

—Ve a buscar a Percy, te espero en el coche —respondió Linda igual de seria, y salió.

Cuando Emily abrió la portezuela, Linda tenía una expresión bastante enojada. Emily la miró de reojo, y se dijo que quizá había exagerado un poco, sobre todo al sacar a relucir la cuestión del trabajo, que debía de ser un asunto muy doloroso para su madre.

—Perdóname, antes no quería decir esas cosas...

—¡Maldita sea! —gritó Linda.

Emily se sobrecogió, sorprendida.

—Lo siento, no pensaba que siguieras tan mal...

—¿Qué dices, Emily? Perdona, no te he oído, ¡este maldito coche se niega a marcharse! —resopló Linda tratando de arrancarlo otra vez—. ¡Venga, guapo!

—Tuerza a la derecha —se entremetió el GPS, como siempre adherido al cristal.

—¿Pero no sabes decir otra cosa? —le respondió Linda.

«Miauuu», maulló Percy.

—Me parece que tendremos que quedarnos un poco más —observó Emily, y en su rostro se dibujó una sonrisa astuta.

—Es el delco —diagnosticó media hora después el mecánico Phil, que había llegado al *cottage* acompañado por Roxi.

—¿Y se puede arreglar? —preguntó Linda.

—Hay que cambiarlo, puedo pedir la pieza al distribuidor —respondió él sin precisar más.

—¿Y cuánto tardará? —le apremió Linda.

—Pues, no sé. Un par de días —dijo Phil con una sonrisita—. Si tienen suerte.

—Yo creo que está ofendido por el asunto del café —comentó Emily en voz baja, mientras Phil cerraba el capó del escarabajo.

—Aceptémoslo... No hay que enemistarse nunca con el mecánico del lugar, ¡no lograremos irnos jamás! —gimió Linda.

—¿Iros? —intervino Roxi—. ¿Y por qué? ¡Precisamente estaba organizando una cenita de bienvenida! Por eso me he colado en el coche de Phil, para poder invitaros en persona.

—Eres muy amable, de verdad, pero sería más bien una cenita de despedida —se excusó Linda—. En cuanto Phil encuentre la pieza, nosotras nos vamos.

—Bueno, ¡pero entonces esta noche estáis libres! Y yo ya he empezado a cocinar, así que no podéis echaros atrás. Tenemos asado con el famoso puré de los Flint, ¡una receta celebradísima! Y mi tarta especial de frambuesas y ruibarbo con salsa de chocolate.

—¡Ñam! —hizo Emily, conquistada, y miró a Linda con expresión de esperanza.

—Y también vendrá Matthew, mi hermano —añadió Roxi.

—¿De verdad? —dijo Linda con la cara iluminada.

Capítulo 5

Emily puso los ojos en blanco.

—Y aquí, entre nosotras... —añadió Roxi acercándose con aire conspirador—, por suerte no trae a Flora, que ha pillado un virus intestinal y tiene que quedarse en casa.

—¿Por qué dices que es una suerte? —preguntó Linda con la voz una octava más aguda de pronto.

—No me malinterpretéis, sé que entre ella y Mathew nació un amor a primera vista y todo lo demás, pero con franqueza: según mi opinión es una verdadera fiera.

—¿Una fiera? —preguntó Emily, interesada.

—En casa manda ella, punto pelota.

—¡Pero es terrible! ¿Y él por qué lo aguanta? —quiso saber Linda.

—Mi hermano no tiene mano para estas cosas. Y, además, solo ve el lado positivo: ella le hace reír, y lo acompaña en sus larguísimos paseos. Y es maja, hay que admitirlo.

—¿Es maja? —preguntó Linda con cara de quien acaba de probar un limón ácido.

—Sí, imaginaos: hasta ganó un concurso de belleza. Cosas de pueblo, pero Matthew está superorgulloso...

—¡Ejem, ejem! —la interrumpió Phil, que ya estaba montado en la furgoneta del taller y esperaba a Roxi para marcharse.

—¡Voy, voy! Madre mía, qué impaciente... La cita es a las

siete; mando a Matthew a recogeros, entonces. ¡Hasta esta tarde! —dijo Roxi saltando a bordo.

Emily echó una mala mirada a Linda y se cruzó de brazos.

—¿Qué estás insinuando? —se burló Linda—. Ayúdame a sacar las maletas del coche, ¡tengo que elegir qué ponerme esta noche!

—¡No tenemos tiempo para eso! —respondió Emily.

—¿Por qué? No podemos hacer otra cosa... ¡Estamos en medio de la nada! —exclamó Linda abriéndose de brazos.

—Podríamos darnos una vuelta hasta Sherrington Lodge —propuso Emily.

—Ah, no, ¡ni hablar! —respondió Linda, obstinada.

Esta noche cena
en casa de Roxi.
¡¡¡Prohibido
el chándal!!!

¡¿Fantasmas?!
Aquí hay algo
raro...

La mansión espeluznante del mayor Sherrington

El mayordomo de la casa

Cuartos vacíos y polvorientos

6. Los fantasmas de Sherrington Lodge

Media hora después se hallaban ante la entrada de la mansión del mayor Sherrington.

—Vamos, no pongas esa cara —dijo Emily tomando a Linda por el brazo—. ¿No estás contenta de pasar por fin algo de tiempo conmigo?

—No yendo a la caza de fantasmas —respondió Linda mientras miraba a su alrededor—. Será una trampa para turistas, pero este lugar es espeluznante de verdad.

Sherrington Lodge era una gran mansión del XVIII, construida en piedra, con el techo puntiagudo de pizarra plagado de chimeneas. Altos cipreses bordeaban la avenida de ingreso, proyectando sus sombras picudas sobre los visitantes incautos, como dedos dispuestos a atraparlos.

—Venga, ni siquiera hay cola para sacar la entrada —la animó Emily.

—Habrá algún motivo —suspiró Linda, siguiendo a su hija hacia las escaleras de la entrada.

Una vez dentro, fueron recibidas por un mayordomo de lo más tieso, menudo y enjuto, que les tendió dos entradas y metió cuidadosamente el dinero en una caja registradora semivacía mientras las observaba con desdén.

—Brrr, pues dentro es peor... —murmuró Linda al oído de Emily, que le dio un golpecito con el codo.

Un anciano distinguido las estaba mirando con expresión seria. Tenía el pelo completamente blanco y unas patillas largas que recordaban dos cepillos perfilaban su rostro afilado.

—Buenos días, soy el mayor Trevor Sherrington —se presentó el hombre—. Y esta es Sherrington Lodge, la mansión de mi familia desde 1753. Si tienen la bondad de seguirme, por favor. Corría el año 1743 cuando Robert Sherrington, el auténtico fundador de esta gloriosa estirpe, heredó...

El mayor las condujo por oscuros corredores y habitaciones de pesados cortinajes, repletos de muebles de madera taraceada y rebuscados trofeos del pasado, ensartando anécdotas y datos.

—...Y de esta manera, Catherine se unió a Charles en segundas nupcias... —continuó el mayor llevándolas a la segunda planta.

—Una evocación de estas podría dar pie a que apareciera algún fantasma... —susurró Linda a su hija.

Capítulo 6

—...Y terminamos con la desaparición de Maude, precisamente en este cuarto. En primavera se aprecia entre estas paredes el perfume del muguete, su flor preferida —prosiguió el mayor, pero su tono parecía ausente y desconsolado.

—¡No sucede nada! —se lamentó Emily en voz baja.

—Y esperemos que no suceda... ¡No quisiera que se me cayera un cuadro en la cabeza! —respondió Linda entre dientes.

—Aquí fue donde vieron por última vez al tío abuelo Chester —explicó el mayor con voz cansada—. Su espíritu continúa flotando por este corredor.

—¿Y usted cree que los fantasmas son los causantes de todos esos accidentes, mayor? —preguntó Emily, que ya no aguantaba más el discursito que Sherrington habría recitado cientos de veces a todos aquellos turistas crédulos—. Hemos oído que últimamente las reservas han disminuido mucho, y las visitas escasean. ¿No será que su plan para atraer a los turistas con una representación se ha vuelto en su contra?

—¡Emily, no seas descortés! —exclamó Linda, sorprendida.

—No se preocupe, señora, en su lugar yo también tendría la misma duda que su hija —respondió el mayor sin perder su calma de Lord—. Por desgracia nada de todo esto depende de mi voluntad. Verán, nosotros los Sherrington somos gente de temperamento, ¡también cuando nos vamos a ultratumba! Tal vez mis abuelos se sientan disturbados por el ir y venir de turistas, quién sabe... No es que ahora importe mucho, visto que ustedes son las primeras en hacernos una visita desde hace bastantes días.

—¿Y seguro que no existe una explicación, digamos, más racional? —preguntó Linda encogiéndose de hombros.

—Tiene que existir a la fuerza —afirmó Emily, que nunca había creído en las historias de fantasmas.

En esas, un candelabro emprendió el vuelo desde uno de los muebles recargados del corredor y se dirigió a toda velocidad justo hacia ellos.

—¡Cuidado! —exclamó Emily y demostró sus reflejos al tirar de la manga del mayor justo a tiempo para apartarlo de la trayectoria del objeto volante, que se estrelló contra las escaleras y rodó hasta la planta baja, donde golpeó un enorme jarrón chino y lo rompió en mil pedazos.

Linda soltó un grito y se agarró al pasamanos.

—Bueno, quizá ahora mismo mis abuelos estén exagerando un poco —dijo el mayor, que se había puesto pálido como la cera y temblaba visiblemente.

—Y esto tampoco estaba preparado, ¿no? —preguntó Linda.

—Me temo que no —respondió el mayor.

El mayordomo asomó con rapidez por detrás de una esquina y recogió inmediatamente el candelabro, sin apartar su mirada torva de Linda y Emily.

Capítulo 6

La señorita Pettigrew llegó enseguida.

—¿Qué ha ocurrido? —preguntó, llevándose una mano a la boca a causa del susto.

Linda observó al mayor, para asegurarse de no haberlo soñado todo. El mayor le devolvió la mirada, descompuesto.

—Un candelabro —intervino Emily, tomando las riendas de la situación—. Ha atravesado volando el corredor y se ha estampado contra el jarrón. Por suerte no nos ha dado a ninguno.

—Oh, ¡por todos los santos del paraíso! —exclamó la señorita Pettigrew aireándose con el delantal de cocinera; luego, se volvió hacia el mayordomo—: Appleby, santo cielo, ¿qué haces ahí parado? ¡Vete corriendo a buscar la escoba y el recogedor para arreglar este desastre!

El mayordomo asintió rápidamente con la cabeza y se marchó, con su enorme nariz apuntando hacia lo alto. Emily lo siguió con la mirada. Aquel tipo tenía un aspecto bien antipático.

—¡Por suerte están ustedes aquí! —continuó la cocinera—. Mayor, ellas son las detectives de las que le hablé.

—¿Ellas? —preguntó el mayor en tono dubitativo.

Emily le respondió con una sonrisa exultante.

—Estoy contenta de que hayan decidido aceptar el caso —continuó la señorita Pettigrew.

Los fantasmas de Sherrington Lodge

—En realidad, nosotras no hemos decidido... —comenzó Linda.

La señorita Pettigrew observó al mayor, cuyo color seguía siendo el de una sábana puesta en lejía, y posó una mirada de súplica sobre Linda. La mujer, confundida, buscó sostén en su hija, pero ella le devolvió una mirada todavía más suplicante.

—¡Vale! —resopló Linda, convencida de que se arrepentiría—. Escuchemos la historia, después decidiremos.

La señorita Pettigrew entró en el saloncito de la planta baja con la bandeja del té.

—Y estos extraños hechos llevan acaeciendo unos tres meses —recapituló Linda.

—Exactamente.

—Y usted está seguro de que se trata de fantasmas —puntualizó Linda.

—Bueno; las historias de fantasmas circulan por esta vieja casona desde antes de que yo naciera, he crecido con ellas. Y no consigo encontrar una explicación más racional. Gracias por el té, señorita Pettigrew; puede irse.

—¿No tendrá algún enemigo que se aproveche de las historias de la familia para meterle miedo? —supuso Emily, mientras la cocinera salía de la habitación.

Capítulo 6

—Siempre he llevado una vida honorable y ejemplar, no me he creado enemigos —dijo el mayor, enojado, poniéndose a la defensiva.

—Estoy segura de que mi hija no quería insinuar lo contrario, mayor —intervino Linda tratando de suavizar la situación—. Pero podría existir alguien que envidiara su fortuna.

—Ah, mi fortuna... —suspiró el mayor con expresión triste. Después, tras un largo silencio, continuó—: Perdónenme, pero todo este alboroto me ha cansado bastante. Ya no tengo el temple de antes. Les ruego que me excusen.

El mayor se puso en pie y agitó una campanilla de plata. En la puerta apareció el mayordomo.

—Appleby, acompáñalas a la puerta. Les agradezco que hayan escuchado las preocupaciones de un viejo soldado jubilado, pero me temo que poco se puede hacer al respecto.

Sherrington se despidió con una ligera reverencia. Linda y Emily se quedaron mirando perplejas, hundidas en el incómodo sofá color vino agrio del saloncito.

—Ejem —hizo Appleby, erguido, con la barbilla levantada y las cejas arqueadas sobre unos ojos entornados como rendijas.

Aunque no debía de ser mucho mayor que Linda, parecía salido de otra época.

Los fantasmas de Sherrington Lodge

Emily se levantó con calma, mirándolo con expresión desafiante. Se notaba de lejos que, bajo aquella actitud exageradamente profesional, el mayordomo no veía el momento de echarlas a la calle, y Emily no quería darle esa satisfacción.

—¡A la fuerza tiene que haber algo detrás! —exclamó una vez fuera.

—Tú también has oído al mayor, parece convencido de que se trata realmente de fantasmas... —respondió Linda, frotándose los brazos para recuperar algo de calor y disfrutando del sol de la tarde.

—Mamá, los fantasmas no existen —protestó Emily.

—Lo sé —dijo Linda sin dejar de mirar a su alrededor con inquietud.

—¡Psst! —susurró alguien a sus espaldas.

—¿Tú también lo has oído? —preguntó Linda, pegando un bote.

—¡Psst! ¡Estoy aquí! —repitió la voz, y por detrás de un ciprés asomó la señorita Pettigrew.

—¡Señorita Pettigrew! Me ha pegado un sus... —comenzó Linda.

—¡Ssst! ¡El mayor no debe vernos! —la interrumpió la cocinera—. Acérquense, querría hablar con ustedes. ¿Han visto lo bajo de ánimo que está el mayor? Pero no siempre ha sido así. He dudarlo en decírselo por respeto a él, pero la situación se está volviendo insostenible. Hace un par de años un conocido suyo, un viejo compañero de armas, le convenció para que participara en una fuerte inversión. El mayor se fio ciegamente, e hizo muy mal. Perdió casi todo su patrimonio, y ahora no sabe cómo mantener esta casa. Por eso decidió abrir Sherrington Lodge a los turistas.

—¿Y usted cree que su compañero de armas podría estar implicado? —preguntó Linda.

La cocinera sacudió la cabeza.

—El pobrecillo tuvo un infarto el año pasado —dijo.

—¿Y hay alguien más que pudiera estar relacionado de algún modo con ese asunto? —preguntó Emily.

—Hum... déjenme pensar... Claro, ¡esa rubia espigada de modales tan groseros!

—¿Una rubia espigada? —preguntaron a coro Emily y Linda.

La cocinera asintió.

—La noticia del desastre financiero del pobre mayor debió de llegar a esos tiburones de la City. ¿Se pueden creer que esa rubia de la agencia inmobiliaria tuvo la desfachatez de venir de Londres exprofeso para preguntarle al mayor si quería vender su finca? La mansión de sus abuelos, su casa desde que llevaba pañales... Ah, pero él la puso de patitas en la calle, ¿saben? ¡Y sin muchos miramientos!

Los fantasmas de Sherrington Lodge

—¿Sabría decirnos cómo se llamaba esa mujer? —preguntó Emily.

—No, no lo recuerdo, pero no se me va de la cabeza su vulgar tarjeta de visita. Algo de lo más vulgar, con una especie de pavo real sentado sobre un tejado —respondió la cocinera.

—¿Un pavo real? —preguntó Emily.

—Sí, de color rojo. ¿Les parece útil para la investigación? —preguntó la señorita Pettigrew, esperanzada.

—Claro, utilísimo —le respondió Linda con aspecto tranquilizador.

La cocinera se despidió y se dirigió torpemente hacia la entrada de la villa, ocultándose tras los cipreses.

—Tan útil como un abrigo en las Maldivas —comentó Linda cuando la mujer ya había desaparecido en el interior de Sherrington Lodge—. Rápido, volvamos al *cottage*, nos queda tiempo todavía para hacer algo más constructivo, como una estupenda mascarilla de pepino y yogur. Lo siento por el pobre mayor, pero no se me ocurre cómo ayudarlo...

—Yo, en cambio, tengo una idea. Pero necesito que me prestes el ordenador —respondió Emily, presa de una intuición.

—Venga, Emily, son casi las siete, ¡Matthew estará aquí de un momento a otro! —dijo Linda apareciendo en la puerta.

Emily escribió una última nota en un bloc de la provisión

del tío Orville, cerró de golpe el ordenador portátil y se volvió hacia su madre.

—¿Viene la reina también, a la cena? —se burló mirándola de arriba abajo. Linda llevaba un vestido tubo azul que conjuntaba con una graciosa diadema del mismo tono decorada con un velo y perlitas. Completaban el vestuario unos zapatos blancos de tacón vertiginoso.

—Espero que tú, en cambio, no tengas la intención de salir con vaqueros y sudadera. Venga, por una vez, ponte algo mono —dijo Linda.

—Mamá, estamos en Blossom Creek, no en Buckingham Palace, y en mi maleta no hay nada «mono».

—Deberías llevar siempre un vestido para cada ocasión. ¿Y si volviéramos a encontrar al ciclista? —dijo Linda guiñándole un ojo y esquivó el cojín que le lanzó Emily.

—Eh, no, ¡lanzamiento de cojines, no! —se rio Linda—. ¿Sabes lo que te espera? ¡Batalla de cosquillas! —añadió tirándose sobre la cama de Emily.

Cuando sonó el timbre, Emily y Linda estaban todavía rodando por encima del edredón y riéndose como locas.

—¡Socorro, es Matthew! —exclamó Linda con el velo en el ojo como el parche de un pirata.

Se alisó el vestido, recuperó los zapatos que había tirado por el suelo y corrió a la planta baja.

Los fantasmas de Sherrington Lodge

Emily la alcanzó tras ponerse unos pantalones de algodón azul y una camiseta a rayas.

—Vamos pues —dijo Matthew, que al ver a Linda vestida de punta en blanco se había ruborizado hasta la raíz del cabello y se miraba las punteras de sus zapatos de *trekking*.

Mientras lo seguían al coche, Emily pellizcó el brazo de Linda, y esta se lo pagó clavándole el índice en el costado.

—Matthew, ¿tú conocías bien al tío Orville? —preguntó Emily ya en el coche.

—No... A veces me llamaba para arreglar el jardín. Orville era extraño, pero muy simpático. Dejó una copia de la llave del *cottage* en la tienda, cuando todavía trabajaban mis padres, antes de que el negocio pasase a Roxi... Al... pasar lo que pasó... me acordé de Percy y vine a buscarlo.

Roxi los aguardaba en el umbral de su casa, un piso espacioso situado justo encima de la tienda. La decoración era una mezcla de modernos grabados y muebles recuperados, pero en conjunto resultaba extravagantemente acogedor, como su propietaria, que le hizo un montón de cumplidos a Linda por su estilo sofisticado. Emily miró en torno suyo y una gran fotografía apoyada en la repisa de la chimenea atrajo su atención. Mostraba a una niña gordita vestida de blanco que se estaba desternillando de risa, en brazos de un chico muy serio, con camisa y peinado con raya.

Capítulo 6

—¿Sois vosotros? —preguntó mirando a los hermanos Flint.

—¡Eh, sí! Mi hermano siempre ha sido un nostálgico, desde pequeño. ¡Por suerte me tiene a mí para alegrarle la vida! —dijo Roxi, y Mathew se puso como un tomate.

Tras las formalidades de rigor se sentaron los cuatro a la mesa. Roxi sirvió generosas porciones de un meloso asado con setas con acompañamiento de puré de patata, y tras un resumen de la vida de madre e hija, a cargo de Linda, constantemente interrogada por Roxi, la conversación fue a parar casualmente a Sherrington Lodge. Convencida de que tenía la plena atención de la dueña de la casa, Emily se lanzó a un detalladísimo informe de lo sucedido esa tarde.

—Tendríais que haberlo visto, ¡el candelabro ha pasado volando justo por encima de nuestras cabezas! Yo he apartado al mayor justo a tiempo; si no, ¡le habría dado de lleno! —concluyó excitada, entre un bocado de puré y uno de asado.

—¡Es de locos! —exclamó Roxi con los ojos brillantes—. ¡Hay que hacer algo!

—¿Repetís de puré? —preguntó Matthew, tratando de cambiar de tema.

—No, gracias: está exquisito, pero estoy intentando eliminar la mantequilla de nuestra dieta... —respondió Linda.

—¡Oh, pero no tiene mantequilla! —respondió Matthew, solícito.

—Bueno, en ese caso... —dijo Linda, sirviéndose una cucharada.

—Las patatas se cuecen directamente en la grasa de la carne —explicó Matthew—. Es una receta de familia.

Linda tosió en la servilleta, tratando de sobreponerse a un bocado que se le había atragantado, y desencadenó la risa de Emily. Matthew la miró perplejo, para bajar enseguida la vista tal vez ante el temor de haber hecho algo mal.

—Entonces, en Sherrington Lodge hay fantasmas auténticos. ¡Lo sabía! —suspiró Roxi, apretándose la servilleta sobre el corazón con expresión ausente.

—Yo creo que todo es un montaje —replicó Emily.

—Cuidado, no hay que desafiar a las fuerzas ocultas —la puso en guardia Roxi.

—Los fantasmas no existen. ¡Seguro que habrá una explicación racional!

—¡Chica de poca fe! Los fantasmas son una explicación racional, ¡claro que sí! Son los espíritus de personas atormentadas, que no consiguen dejar los lugares donde transcurrió su vida mortal, porque tienen algo importante que cumplir. Y estos, si andan tan agitados, deben de tener un mensaje importantísimo para el mayor —respondió Roxi.

Matthew, al otro lado de la mesa, se pasó una mano por la cara, inspirando profundamente.

Capítulo 6

—¡Y para fortuna vuestra yo sé cómo ayudarlos! —exclamó Roxi, agitando la servilleta en el aire—. Esperadme aquí —dijo, corriendo hacia la estantería.

—Roxi siempre ha mostrado una gran fijación por el ocultismo. Y cuando se pone así, no hay manera de pararla —susurró Matthew a Linda.

—Me recuerda a alguien... —respondió Linda con la mirada fija en Emily.

—Es el destino el que os ha traído hasta mí. Hace años que me intereso por estos fenómenos, ¿sabéis? Fantasmas, espíritus, apariciones de ultratumba. Desde que nuestros padres nos dejaron.

—Oh, lo siento mucho —dijo Linda, apenada.

—Oh, yo también. Pero qué le vamos a hacer, siempre soñaron con vivir junto al mar, y por eso con la jubilación se trasladaron a Dover.

Emily se rio por el equívoco y le echó a Linda una mirada divertida.

—Aquí está —dijo Roxi, abriendo sobre la mesa un grueso volumen amarillento—. Aquí están todas las instrucciones.

—¿Las instrucciones para qué? —preguntó Emily.

—Para una sesión de espiritismo —explicó Roxi.

—¡Ni hablar! —respondieron a coro Linda y Matthew.

—¡Pero qué pareja de aguafiestas! —exclamó Roxi.

Los fantasmas de Sherrington Lodge

A la palabra «pareja», Linda y Matthew se alejaron instintivamente uno del otro.

—Y, veamos, ¿cómo funciona esa sesión de espiritismo? —preguntó Linda, tratando de desviar la atención del rubor de sus propias mejillas.

Al término de la velada, Emily y Linda sabían todo sobre la invocación de fantasmas.

—Quizá podríamos proponerle al mayor realizar una sesión espiritista. Si ve que no sucede nada, tal vez vuelva la paz a su corazón. Siempre que no suceda nada, claro. Brrr... —comentó Linda una vez en casa.

—Desde mi punto de vista, sucederá algo seguro, pero no por culpa de los fantasmas. Solo es necesario averiguar quién está detrás del asunto —contestó Emily.

Ya en su cuarto, abrió el portátil, y en la pantalla apareció la última página de Internet que había consultado. Era la web de una agencia inmobiliaria londinense especializada en casas de lujo: la Phoenix. Su logo, en forma de ave fénix roja a punto de alzar el vuelo, era lo más parecido a la descripción de la señorita Pettigrew que Emily había encontrado. En la sección dedicada a la compañía resaltaba la foto de una esbelta rubia de nombre Kate Babcock.

—No vas a poder con nosotras, ¡rubia espigada! —dijo Emily. Solo tenía que encontrar la manera de ir a Londres.

Tren para
Charing Cross
a las 11:30

Te acompaño
de tiendas...

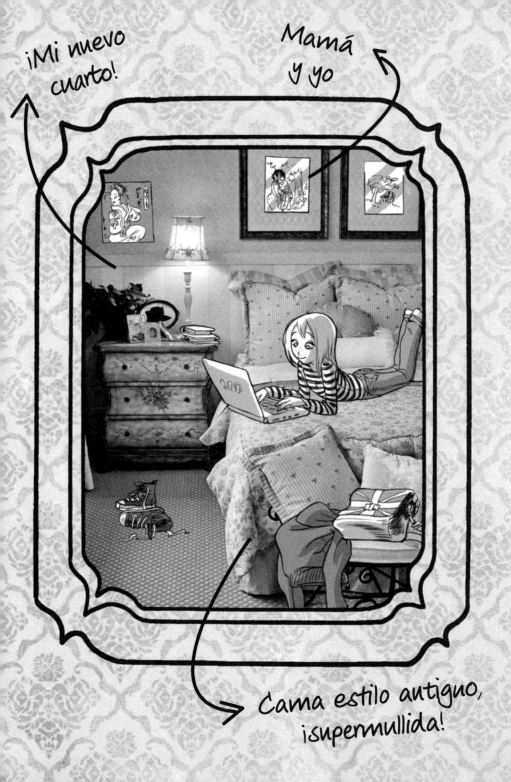

7. Una investigación del más allá

Emily y Linda estaban sentadas en la cocina, absortas en el desayuno, cuando un toque de claxon flojito atrajo su atención. El sonido se repitió, esta vez reproduciendo una melodía alegre.

Emily miró por la ventana y vio el coche de Matthew aparcado delante de la verja. Roxi, volcada sobre el asiento del conductor, se había adueñado del claxon.

Linda lanzó sobre una silla el delantal de rayas que había encontrado en un cajón de la cocina, se miró en el espejo del vestíbulo colocándose el pelo y salió a recibirlos.

—He pensado que no había tiempo que perder. ¡Vamos, vamos! ¡Los espíritus nos esperan! —exclamó alegremente Roxi, asomándose por la ventanilla.

Emily se metió en el coche.

—Venga, mamá, ¿no querrás enojar a los espíritus?

Linda resopló sentándose junto a su hija.

—¿Cuándo aprenderé a decir que no?

—Oh, es inútil. Y te aviso que con el tiempo será peor —respondió Matthew señalando a su hermana con un gesto de la cabeza.

Una vez llegados a la mansión, el mayordomo los recibió en el vestíbulo y observó al grupito de la cabeza a los pies, en particular a Roxi, que para la ocasión se había puesto un vestido de terciopelo negro largo hasta los pies y llevaba el pelo recogido con una cinta violeta.

—El mayor está ocupado en una visita guiada por la casa, esta mañana han venido dos visitantes. Me temo que no va a poder recibirlos —les informó con sequedad.

—¡Pero es muy importante! Tenemos que comunicarnos lo antes posible con los antepasados del mayor: sus espíritus no se aplacarán hasta que sus demandas no sean escuchadas —explicó Roxi.

Linda miró a Matthew de refilón: tenía pinta de estar buscando con la vista una vía de escape.

—Appleby, ¿a qué viene tanto jaleo? —preguntó la señorita Pettigrew llegando a la carrera—. Oh, ¡las detectives! ¿Tienen alguna pista?

—En realidad, estamos aquí para... —comenzó Linda, demasiado cohibida para terminar la frase.

—Para proponer al mayor una sesión de espiritismo —continuó Emily en su lugar.

—No creo que el mayor se preste a ese tipo de tonterías —respondió Appleby con dureza.

Una algarabía interrumpió la discusión. Un hombre con un gorro de pescador y una mochila asomó por el pasillo, se apretaba la nariz con un pañuelo. Le seguía una mujer corpulenta, con sandalias y pantalones pesqueros.

Tras ellos, el mayor tenía una expresión realmente compungida.

—¡Los daños! ¡Exijo que se me remuneren los daños! —chilló la mujer en dirección al mayor.

—*A*bor, cál*b*ate, *d*o pasa *d*ada... —borbotó el hombre apretándose la nariz.

—¿Nada? ¡¿Nada?! ¿A que una armadura se precipite de su pedestal y te arree una cabezada en la nariz lo llamas tú «nada»? —lo calló la mujer, y volvió a girarse hacia el mayor—. Pero pronto recibirá noticias de nuestros abogados.

—¿Han dado con una solución? —preguntó el mayor Sherrington clavando la vista en Emily y Linda, una vez que la pareja de turistas se hubo marchado—. Estoy dispuesto a todo, ya no sé qué más hacer.

—¡Mfff! —hizo la señorita Pettigrew satisfecha, cruzándose de brazos y mirando a Appleby.

Una investigación del más allá

—Voy a preparar el saloncito, en tal caso —dijo Appleby con una reverencia rígida y la cara del que se ha comido un bombón agrio.

—Por favor, las cortinas tienen que estar bien cerradas —rogó Roxi.

Una vez acomodados, Emily miró a su alrededor en la penumbra. A su derecha, en torno a la mesa, se sentaban Linda, Matthew, Roxi, el mayor Sherrington, la señorita Pettigrew y el mayordomo Appleby. Este último miraba a los demás con expresión desdeñosa mientras golpeaba con un pie en el suelo visiblemente nervioso. Emily se prometió no quitarle la vista de encima.

—Tómense las manos —dijo Roxi con solemnidad.

Emily buscó la mano de Linda y se esforzó en asir la huesuda y rígida de Appleby.

—¡Oh, tú, espíritu atormentado, manifiéstate! —recitó Roxi.

El silencio pesaba como una losa de mármol.

—Estamos aquí para escucharte. ¡Manifiéstate!

—Estoy aquíii —dijo de pronto una voz cavernosa, como suspendida entre ellos.

Linda dejó escapar un gritito.

Emily sintió que Appleby la agarraba con más fuerza y trató de abrir los dedos antes de que se los espachurrase.

Capítulo 7

—¿Quién eres? —preguntó Roxi sin perder la calma.

—Chester Sherrington —contestó la voz desde lejos.

—¡El tío Chester! —exclamó el mayor Sherrington.

—¡Ssst! —susurró Roxi al mayor—. Habla, Chester, estamos aquí para escucharte.

—¡Vete de aquí! Aquí tu vida está en peligro, Tricky. ¡Vete! —silbó la voz.

El mayor se levantó de golpe y corrió a abrir las cortinas. La luz regresó al saloncito. Sherrington estaba blanco como la leche.

—Ese nombre... Tricky... Mi madre me llamaba así de pequeño... Nadie lo sabe... —dijo con un hilo de voz.

En ese instante un cuadro grande se descolgó de la pared y cayó al suelo.

—¡Oh, cielos! —exclamó la señorita Pettigrew—. ¡Es precisamente el retrato del señor Chester!

Emily corrió hacia el cuadro y trató de levantarlo del suelo. Sus dedos palparon una especie de corto hilo transparente pegado al marco.

—Ten cuidado, es un cuadro de gran valor. Por suerte no se ha roto —dijo Appleby quitándoselo bruscamente de las manos—. ¡Qué asco! Está lleno de telarañas —jadeó mientras sacaba del bolsillo su pañuelo para limpiar el marco—. En una casa tan grande como esta nunca se termina de limpiar.

Una investigación del más allá

Matthew se levantó solícito para echar una mano al mayordomo con aquel cuadro tan pesado, y Emily advirtió que le atraía la atención una fotografía que estaba sobre la chimenea.

La chica se le acercó.

—¿Alguna pista? —le preguntó en voz baja.

—No... El caso es que conozco a estos tres —respondió Matthew con una media sonrisa.

Era una foto de los tiempos del instituto. El de abajo a la izquierda era el mayor Sherrington, se le reconocía a la legua por su porte erguido, a pesar de que no llevara todavía sus patillas tipo cepillo.

En la esquina de la derecha, en medio de una veintena de estudiantes a cual más serio, destacaban tres, una chica y dos chicos, que tenían aspecto de acabar de compartir algo realmente divertido.

—¿Y cómo te explicas lo que ha pasado? —preguntó Linda a Emily una vez en casa, ante una infusión de manzanilla.

—¡Es todo un montaje! Solo necesitamos averiguar quién lo ha tramado. A mi parecer el mayordomo podría ser un buen sospechoso. Con esa cara tan antipática... —respondió Emily tomando con dos dedos una galleta de salvado muy poco apetecible: parecía un disco de contrachapado.

Capítulo 7

—Emily, no puedes acusar a alguien solo porque te parezca antipático. ¿Qué móvil podría tener? Si Sherrington tuviera que vender, podría llegar a quedarse sin trabajo... Uff, esto no es para nosotras. Creo que nos conviene regresar a Londres —suspiró Linda—. De todas formas, yo debo ir mañana, tengo una cita en una oficina de empleo de Charing Cross. Nunca encontraré trabajo si no me pongo a buscarlo en serio.

—¿Puedo acompañarte? —preguntó Emily alegrándose, y dejando a Linda de una pieza.

—Todavía me tienes que explicar por qué te apetece volver a Londres de repente —preguntó Linda al día siguiente mientras se ponía rímel en las pestañas frente al espejo del baño.

—Con que luego me traigas otra vez... —respondió Emily, disputándole el espejo para cepillarse el pelo—. Creo que tengo que comprarme pantalones, mira lo cortos que se me han quedado estos... —dijo Emily señalando la orilla de los vaqueros, que dejaba al descubierto una buena porción de sus calcetines a rayas.

—Mmm, no me digas... ¿que tú quieres ir de compras? —comentó Linda mirándola de reojo.

—Si prefieres, puedo pasar el día en la tienda de Roxi —sugirió Emily.

Una investigación del más allá

—¿Tú y ella solas? No me hagas pensar siquiera en la que podríais armar —respondió Linda—. Bueno, ¡vamos!

La primera etapa fue el taller de Phil.

—¿La pieza de recambio? No, no ha llegado todavía —contestó el mecánico con una sonrisita complacida, observándose con desgana las uñas bordeadas de negro.

Linda le echó una torva mirada y se encaminó hacia la estación de tren, que estaba cerca.

Mientras su madre se las entendía con la máquina automática de billetes, a Emily le pareció ver una cabeza de pelo oscuro y despeinado, pero cuando se asomó para mirar, el tren ya había llegado al andén; así que tuvieron que darse prisa para montarse en él y se dejaron caer jadeantes en el primer compartimento que encontraron.

—¡Ya estamos aquí! —exclamó Linda con una sonrisa en cuanto se apearon en la estación de Charing Cross. Habían regresado a su ambiente natural: el frenético centro de Londres. Por el interior de la imponente estructura de la estación, cubierta por un techo abovedado de hierro y cristal, transitaba todos los días una masa increíble de personas. Personas que se trasladaban por los motivos más diversos, pero que tenían todas indefectiblemente mucha prisa.

Capítulo 7

—Eh, claro, ¿cómo no añorar el cemento y la contaminación? Por no hablar del gentío... —dijo Emily, esquivando un *trolley* y sumergiéndose en la marea humana.

Linda se dirigió a un plano que colgaba de la pared.

—Yo tengo que ir aquí —dijo, señalando una calle cercana a Bedford Street—. Tardaré una media horita, luego soy toda tuya. ¿Podemos confiar en que en ese ratito no te metas en problemas?

—Pero ¡es perfecto! Está justo al lado de esa tienda de ropa deportiva a la que me llevaste la otra vez —dijo Emily señalando un punto próximo en el plano—. Podrías dejarme allí, así me doy una vuelta. Tú estarás a solo dos manzanas de distancia.

—Mmm..., sí, podría ser. Le diré a la encargada que no te pierda de vista. Pero tú prométeme que te comportarás de manera responsable —dijo Linda.

Emily la miró con expresión angelical.

—De acuerdo —dijo Linda, encogiéndose de hombros—. Te acompaño a la tienda.

Era un día soleado, y Londres estaba a rebosar de personas con aspecto serio y atuendo elegante, turistas en chanclas que ojeaban planos y guías de la ciudad, ruidosos grupos de chiquillos con sudaderas y pantalones bajos de tiro, y jóvenes de ropa extravagante —de esa que le gustaba a Roxi— que parecían salidos de una revista de moda.

—¡Ah, es la jornada perfecta para un paseo! Vamos bien de hora, ¿qué te parece si damos una vuelta? —exclamó Linda, mirando satisfecha a su alrededor—. No me digas que no lo echas un poquito de menos... —añadió cuando llegaron ante la estatua ecuestre de Carlos I, en Trafalgar Square.

Emily observó la expresión reservada del soberano de bronce, luego la igualmente reservada de su caballo, y se encogió de hombros.

Tras mezclarse entre los turistas y acabar por puro azar en por lo menos un centenar de fotografías, Emily y Linda entraron juntas en una megatienda llena de ropa y accesorios deportivos y Linda, después de darle a su hija unas últimas recomendaciones, se marchó a su cita. Emily esperó que la dependienta atendiera a un cliente y se escabulló fuera con rapidez. Sacó del bolsillo el bloc del tío Orville en el que había anotado todas las coordenadas de su auténtico objetivo londinense, a solo doscientos metros de allí, y se preparó para el momento de la verdad.

El emblema de la Phoenix Luxury Estate era de un rojo chillón y tenía la misma imagen del fénix que Emily había visto en la web. Estaba encajado en un gran edificio de cristal y acero. Emily entró, esperando encontrar enseguida a la persona que estaba buscando, pero con gran disgusto se topó con un alto mostrador de mármol, tan imponente que casi había engullido hasta hacer desaparecer a la diminuta secretaria que se sentaba tras él con expresión de aburrimiento.

—Quisiera hablar con la señora Kate Babcock —improvisó Emily. Ya que había llegado hasta allí, ahora no podía echarse atrás sin intentarlo.

—¿Tienes cita? —preguntó la secretaria arqueando una ceja.

—No, pero soy... hem... su sobrina. ¿Puedo pasar? —preguntó Emily señalando las escaleras que tenía al lado.

—Un instante tan solo —dijo la secretaria, levantando el auricular del teléfono—. ¿Señora Babcock? Está aquí su sobrina.

Emily sintió que había caído en una trampa, pero trató de mantener una expresión de tranquilidad.

—Ajá.... Ajá... —hizo la secretaria asintiendo. Con cada «ajá» su cara se ensombrecía más y, al colgar, su expresión era glacial—. La señora Babcock no tiene ninguna sobrina. No me hagas perder el tiempo con tus bromitas, niña.

—Yo realmente... —empezó Emily, buscando una excusa con desesperación.

Pero fue interrumpida por la llegada de tres hombres de uniforme azul, que traían una caja voluminosa.

Una investigación del más allá

—Una entrega para el ingeniero Bunton, es la maqueta del complejo residencial de cinco estrellas en el desierto del Kalahari —dijo el que guiaba al grupo.

El hombre que llevaba la base de la caja no vio a Emily y se chocó contra ella. Emily vaciló ligeramente, y lo mismo hizo el paquete, que empezó a perder un hilo de arena por una esquina. Debía de ser una maqueta de lo más realista, pensó Emily sorprendida.

—¡Cuidado! —exclamó la secretaria levantándose de un salto y desapareciendo tras el mostrador—. ¡Vais a ensuciarme de arena todo el vestíbulo!

Emily aprovechó el jaleo para darse la vuelta y subir por las escaleras a todo correr. Al llegar al piso de arriba, desembocó en un pasillo. Lo recorrió de puntillas, mirando los rótulos que había junto a las puertas. En el último, por fin, encontró el nombre que buscaba.

«¡No vas a poder con nosotras, rubia espigada!», se repitió, abriendo la puerta mientras trataba de recuperar la compostura.

Kate Babcock era realmente muy alta y destacaba en medio de su despacho con una sonrisa de tiburón. Solo entonces Emily se percató de que no se había preparado nada que decir.

—Así que tú eres mi famosa sobrina... —dijo la mujer con

una carcajada baja y ronca—. Debes de ser una niña realmente decidida para lograr eludir la vigilancia de la escrupulosa de Lisa, abajo en la entrada. No te has rendido al primer obstáculo... Es una cualidad que admiro —añadió arqueando la ceja.

Sintiendo que la mujer la tomaba por una niña ingenua, Emily apretó los puños y dijo casi sin respirar:

—Usted tampoco se rinde al primer obstáculo, ¿verdad? Por ejemplo, como no consiguió convencer al mayor Sherrington por las buenas, ¡contrató a un profesional para aterrorizarlo y hacerle vender Sherrington Lodge!

—Hum, tal vez sea mejor cerrar la puerta, ¿no te parece? —respondió la señora Babcock, algo sorprendida.

En ese instante Emily se dio cuenta de que acababa de desvelar todas sus cartas... Ahora sí que estaba en una buena encerrona.

Kate Babcock la observó con sus penetrantes ojos grises por un espacio de tiempo que se le hizo largo, interminable. A continuación estalló en carcajadas estruendosas, de una manera tan convulsa que Emily acabó riendo también con nerviosismo.

—¿Así que yo he contratado a un profesional para convencer a ese viejo chocho de Sherrington de que venda su propiedad? —dijo Kate Babcock cuando logró recuperar el control—. Y, por cierto, ¿tú quién eres? ¿Por qué te interesa tanto Sherrington Lodge y qué diablos ocurre allí?

—Me llamo Emily Wright, de la Agencia de Investigación Wright. Parece que la mansión del mayor está infestada de fantasmas, y mi madre y yo somos las encargadas de resolver el caso —explicó Emily estrujándose la cinturilla de los vaqueros. Dicho en voz alta y a una desconocida, aquel asunto parecía algo menos creíble de lo que pensaba hasta entonces.

—¿No eres un poquito joven para trabajar de detective?

—Yo, ejem, heredé la agencia de mi tío —dijo Emily, encogiéndose de hombros.

La mujer estalló en otra carcajada.

—¡Me gustas! Yo también era bastante decidida a tu edad. Ven, voy a enseñarte una cosa —dijo abriendo un armario y sacando un grueso archivador.

—Me interesé por Sherrington Lodge siguiendo instrucciones del jeque Nazeem Faruq Afir, un gran admirador de la campiña inglesa, que quería a toda costa una finca de época georgiana, en puro estilo neogótico. Por eso puse atención en Sherrington Lodge, pero el mayor Sherrington rehusó la oferta. Por fortuna, Lord Wordsworth, propietario de Wordsworth Manor, se mostró predispuesto, y hace unos dos meses que cerramos el acuerdo felizmente —explicó

Capítulo 7

Kate Babcock, enseñándole las fotografías de una villa aún más grande y más sombría que Sherrington Lodge, y un papel cubierto de caracteres escritos a ordenador—. Mira, esta es una copia del contrato de venta.

Emily observó atentamente los documentos. Hacían referencia a la primavera pasada.

—¡Vaya desastre! —exclamó decepcionada—. ¿Y no vino nadie más a preguntarle por Sherrington Lodge?

—No, lo siento.

—¿Un tipo antipático con una nariz enorme y las cejas así, tampoco? —preguntó Emily, trazándose con los dedos dos arcos sobre la frente. Seguía convencida de que Appleby estaba implicado en aquel asunto de algún modo.

—No, lo siento, ningún tipo antipático con las cejas de un *alien* —respondió Kate Babcock con una sonrisa—. Pero ahora que lo dices, me telefoneó una mujer para pedirme información sobre la propiedad del mayor Sherrington.

—¿Y le dijo cómo se llamaba? —quiso saber Emily, emocionada.

—No, y no ha llamado más desde entonces. Por la voz, no parecía joven.

—¿Por casualidad tenía un fuerte acento escocés? —indagó Emily, en la improbable hipótesis de que se tratase de la señorita Pettigrew.

Una investigación del más allá

—No, nada de acentos, creo.

La señora Babcock acompañó personalmente a Emily a la puerta, para protegerla de las miradas malévolas de la secretaria, y se despidió de ella deseándole que alcanzara muchos éxitos con la agencia.

—Y no te desanimes, ya verás cómo te conviertes en una gran detective. Tienes el coraje, y ¡la cara dura también! —exclamó estallando en una de sus carcajadas estruendosas.

Emily deambuló hasta la tienda deportiva. Allí, una vez que llegó Linda, tuvo que probarse tres pares de vaqueros y dos pantalones cortos para que su madre no sospechara. Después rechazó su propuesta de merendar un batido de frutas, pero la convenció de ir a su apartamento con el fin de recoger todo lo necesario para prolongar la estancia en Blossom Creek al menos unos días más.

Ya en el tren, mientras Linda hojeaba una revista, Emily borró el nombre de Kate Babcock de la lista de sospechosos de su bloc. Quedaba el mayordomo Appleby, pero sin ningún móvil plausible. Emily añadió: «¿mujer no joven?», y se sumergió en un silencio pensativo.

—Emily, ya sé que ir de tiendas te pone de mal humor, pero ¡no has dicho ni media palabra desde que nos hemos subido al tren! ¿Tengo que preocuparme? —preguntó Linda mirándola a los ojos.

Capítulo 7

Emily se mordió el labio, indecisa, y un momento después le reveló lo que había hecho aquella mañana en realidad.

—¡Emily! ¿Y si la señora Babcock se hubiera comportado de forma menos amable? —suspiró Linda.

—Prometo que la próxima vez pondré más cuidado —dijo Emily—. ¡Es verdad que me he llevado un buen chasco! Creía que había encontrado la solución, y en cambio...

—No es fácil trabajar como detective. Quizá tendríamos que admitirlo y dejarlo estar —comentó Linda—. Tengo bastantes probabilidades de que me llamen para unas cuantas entrevistas de trabajo la semana próxima. Mientras, hasta que la agencia no encuentre a nadie a quien alquilarle el *cottage*, disfrutemos de nuestras vacaciones inesperadas en Blossom Creek.

Emily puso cara de enfadada, pero no se vio con fuerzas para insistir. Se quedó mirando por la ventanilla, rumiando sobre su mala suerte.

—¿Se puede? —preguntó una señora mayor entrando en el compartimento.

Vestía unos pantalones a cuadros, elegantes zapatos de estilo masculino y un jersey bordado. Llevaba el pelo gris en una melena corta, con raya en medio. Emily pensó de inmediato que tenía un aspecto simpático, y un instante después se preguntó dónde la había visto antes, pues le resultaba familiar.

—Claro, por favor —respondió Linda, haciéndose a un lado.

—Ven, Jamie, aquí hay sitio —dijo la señora, vuelta hacia el pasillo.

Cuando vio entrar al joven ciclista, Emily puso los ojos en blanco, y él le correspondió con una expresión igual de sorprendida. Linda se percató del juego de miradas, y guiñó un ojo a Emily, ganándose así una mala mirada de su hija.

—Son de Blossom Creek, ¿no? —preguntó Linda de manera aparentemente casual.

—Sí, encantada, me llamo Peggotty Mulberry, soy la médico del pueblo, y él es mi nieto Jamie —dijo la señora con cordialidad.

—Nosotras somos Linda y Emily Wright. Hemos heredado el *cottage* del tío Orville.

—Oh, pobre Orville. Es una pena que falleciera así, ¡a pesar de su edad estaba sano como una manzana! —comentó Peggotty.

—¿Lo conocía bien? —indagó Emily con la cara iluminada, pensando que aún quedaba por resolver el misterio de la llave del tío.

—Era paciente mío, pero de los sanísimos, así que no

pude ahondar mucho en el trato con él. Pero siempre me pareció un señor simpático.

—¿Le habló alguna vez de una llave? —insistió Emily.

—No. Estoy casi segura de que no me dijo nunca nada respecto a una llave —respondió Peggotty, asombrada.

Emily suspiró desilusionada.

—¿Y tenéis intención de quedaros en Blossom Creek? —preguntó Peggotty.

—Solo durante unas breves vacaciones, mientras solucionamos unas cuantas cuestiones burocráticas —dijo Linda.

—Oh, bien. ¿Has visto, Jamie? No eres el único niño que queda en Blossom Creek durante las vacaciones, tú que te lamentabas de no tener compañía. ¡Piensa que Emily ha venido a propósito! —exclamó Peggotty con jovialidad.

Jamie se puso serio y clavó la mirada en la puerta del compartimento, como si esperara teletransportarse al exterior. Emily no pudo evitar compartir su vergüenza y dejó vagar la mirada a través de la ventana, tratando de ignorar la desagradable sensación de que las orejas se le estuvieran poniendo coloradas.

Pero los bochornos no habían terminado por aquella jornada. Cuando Emily y Linda llegaron a casa, se encontraron que Matthew las estaba esperando.

—Pensaba que podríamos salir juntos, esta noche —dijo

Una investigación del más allá

Matthew carraspeando, y enseguida se puso del color de una langosta—. O sea, no salir salir, quiero decir...

—No, está claro —se apresuró a responder Linda.

—Es que se me ha ocurrido una idea, pero mejor te lo explico por la noche. A las ocho —dijo Mathew.

—Pues muy bien. Entonces, hasta luego —respondió Linda. Después, cuando se hubo marchado, replicó a media voz, contestando a la mirada de Emily—: ¡Pero si está casado!

—Tal vez las cosas no son como parecen —sugirió Emily, a quien el asunto ya le estaba empezando a parecer extraño.

Cena en el cottage
a las siete.
Llamar a
Peggotty

Mamá, estoy con
Roxi comiéndome
un bollo auténtico.
No como los tuyos.
:-P

Mi nuevo
amigo Jamie

Encuentro
sospechoso

Mi inseparable
cámara de fotos

8. Recuerdos a paso de baile

—Oye, no pensarías que yo..., esto, que yo... —balbució Mattew.

—No, claro que no. ¿Por quién me tomas? —respondió Linda.

Emily, sentada a su lado, aguantaba a duras penas las ganas de reír.

Matthew había llegado a las ocho efectivamente, pero no para invitar a Linda a una cita romántica: se trataba más bien de un suplemento a la investigación. Tras aparcar, subieron por unas escaleras de metal para entrar en un club del que salía una melodía estridente de acordeones y violines.

Se encontraron ante una gran sala con espejos en las paredes, en la que giraban alegremente unos veinte bailarines, de edades superiores a los sesenta, salvo pocas excepciones que, en cualquier caso, pasaban de los cuarenta. Se movían al unísono, en filas ordenadas, con una sincronía casi perfecta, los rostros sonrientes y acalorados.

—Este es el club de baile del pueblo. De vez en cuando me llaman para que toque la guitarra —explicó Matthew.

—Oh, ¡mira a quién tenemos aquí! ¡Pero qué sorpresa! —exclamó una señora con melenita corta, saliendo a saltitos ágiles de la segunda fila.

—¡Es la abuela de Jamie! —dijo Emily, precisando de inmediato—: Bueno, la señora Peggotty...

—Llámame Peggy, y tratáme de tú. ¡Albert, Fred! Han llegado nuestros invitados —anunció la mujer.

Un señor de mandíbula prominente y pelo gris oscuro abandonó el baile también. Era ancho de hombros, tenía el cuerpo del que ha sido atleta, pero se movía con la elegancia de un Lord.

—Soy el abogado Albert Temple, para servirlas —dijo amagando un besamanos.

Le seguía un tipo delgado y vivaz, con muy poco pelo en la cabeza y cejas abundantes, que les tendió la mano cordialmente.

—Fred, Fred Molloy. Encantado.

—¡Sois los compañeros que aparecen en la foto de instituto del mayor! —dijo Emily mirando a los tres a la vez, con las mejillas coloradas y las sonrisas alegres. ¡Por eso en el tren la cara de Peggotty le había sonado tanto!

—Cuando vi esa vieja fotografía en Sherrington Lodge, pensé enseguida en venir a hablar con ellos —confirmó Matthew.

—¿Nos ayudaréis con la investigación? —exclamó Emily, emocionada.

—Si nos lo pide nuestro jardinero preferido... —respondió Fred guiñándole un ojo.

—Por supuesto, pero exigimos una paga anticipada —continuó Albert con la broma.

—¿Una paga? —preguntaron Emily y Linda a la vez.

—Sí: ¡que os unáis al baile! —se rio Peggotty, agarrando a Matthew por el brazo antes de que el jardinero pudiera rehusar—. Ánimo, ¡reduzcamos la edad media en la pista de baile!

—Oh, no, no... —dijo Emily riéndose, pero se rindió enseguida ante el divertido baileteo de Fred y se dejó arrastrar hacia el corro.

Linda se inclinó graciosamente ante Albert y se reunió con ellos, demostrando un perfecto sentido del ritmo.

Emily trató de imitar los movimientos de los otros bailarines, dejándose tomar del brazo primero por Fred, después por Peggotty y Albert, que la arroparon formando una especie de cuadrilla. Matthew, rojo como un tomate y tieso como un tronco, acabó entre los brazos de dos alegres mujeronas. Emily se rio de lo lindo al ver que Linda trataba de *salvarlo* una y otra vez, pero siempre acababa siendo repelida por las talluditas bailarinas de la pista.

—¡Ten cuidado, mamá, que tus rivales son bien insistentes! —dijo Emily pasando a su lado y dando medio giro.

—¿Rivales? Si yo ya tengo un caballero acompañante esta noche... —comentó Linda con candidez mientras tomaba del brazo a Albert, que a pesar de su envergadura se movía tan airoso como un colibrí.

—¡Bueno, por lo menos has salvado tus zapatos nuevos! —observó Emily, señalando con la cabeza a Matthew, que a base de pisar pies estaba armando cierto barullo.

—¡Perdón! ¡Perdón! ¡Lo siento! —repetía muerto de vergüenza, bamboleado de aquí para allá por sus admiradoras.

Una hora después, divertidos y acalorados, se sentaron los seis alrededor de una mesita del bar, y entre tés fríos, *Ginger ale* y zumos de arándanos, comenzaron a discutir animadamente sobre el caso. Emily sacó su bloc, dispuesta a anotar todas las posibles pistas.

—No sé si os podremos ayudar, en realidad —dijo Peggotty—. No hemos frecuentado mucho a Trevor. En los tiempos del colegio ya era un chico algo encorsetado.

Capítulo 8

—Un tieso —confirmó Albert.

—Digamos mejor un aburrido —puntualizó Fred.

—¿Tenía enemigos? —se interesó Linda.

—¿Enemigos? No. Se los habría quitado de encima aburriéndolos a muerte... —incidió en lo mismo Fred.

—¡Oh, no seas tan mordaz! Pobre Trevor, simplemente no sabía divertirse —lo regañó Peggotty.

—Para él solo existía el deber. Era como si tuviera que demostrar que los Sherrington eran de un nivel superior. Trataba siempre de dejar en segundo plano a los demás. Como si pudiera intimidar a alguien como yo, que llevé al equipo de rugby del instituto a la victoria durante tres años consecutivos, antes de irme a estudiar leyes a Londres y...

—Albert, deja de pavonearte de una buena vez, estamos hablando de Trevor, no de tus éxitos como deportista y abogado insigne —le interrumpió Peggotty.

—¡Era solo para ponerlas al corriente! —replicó Albert, picado—. El caso es que los Sherrington siempre han sido una familia de malhumorados y unos estirados.

—Ah, no, todos no —suspiró Fred, apoyando la barbilla sobre las manos—. ¡Gwen era de otra pasta!

—Oh, no empecemos otra vez con Gwen... ¿Qué tiene que ver ella ahora en esto? —preguntó Peggotty, riéndose, y a

Recuerdos a paso de baile

continuación explicó a Linda y Emily—: Gwen era la hermana pequeña de Trevor.

—¿Una hermana, ha dicho? —preguntó Emily, saltando de la silla. ¡Podría ser la mujer misteriosa que había telefoneado a Kate Babcock!

—Sí, pero Gwen Sherrington se fue de Blossom Creek hace mucho —continuó Peggotty—. Era por lo menos ocho años más joven que nosotros, y cuando cumplió los dieciocho, toda una belleza. Nuestro Fred estaba colado por ella.

—¿Y quién no lo estuvo? —preguntó Fred con aire soñador.

—Ah, yo ya estaba casado con Maude —puntualizó Albert con expresión intachable—. Y además Gwen siempre fue un poco pálida y flaca para mi gusto. Parecía una modelo de las de antes, esas que tenían pinta de jirafas poco alimentadas. Creo que esa obsesión por la delgadez es algo excesiva, la verdadera belleza reside en...

—Pero Gwen también tenía un carácter muy gracioso —encarriló de nuevo el tema Peggotty—. Se diría que se divertía volviendo locos a sus padres. Una vez desapareció durante cuatro días, y regresó con siete kilos de arándanos. Dijo que había sentido de improviso la necesidad de reunirse con la naturaleza.

—¡Era tan original! —suspiró Fred, con una gran sonrisa en la cara y la mirada lejana.

Capítulo 8

—Digamos más bien que algo extravagante —intervino Albert—. Si por lo menos hubieran sido grosellas... Las grosellas sí que me gustan, recuerdo que cuando iba a la universidad en Londres podía comerme...

A Emily se le escapó una risita divertida.

—Pero el verdadero escándalo fue cuando Gwen vendió el anillo de diamantes de su bisabuela para pagarse un viaje a Nueva York —prosiguió Peggotty, tomando de nuevo las riendas de la narración—. ¡Sus padres la desheredaron!

—¿Y Trevor no hizo nada? —preguntó Emily.

—No todos son tan buenos hermanos como nuestro Matthew —respondió Peggotty, haciendo enrojecer al jardinero.

—¿Y dónde fue a parar Gwen? —preguntó Linda.

—Parece ser que se mudó a América definitivamente, y allí ganó mucho dinero. ¡Mucho más que su hermano!

—Entonces tampoco ella parece tener un móvil —resopló Emily, desilusionada, borrando las palabras *hermana del mayor* de la lista de sospechosos.

Al día siguiente Emily se despertó prontísimo y de un humor pésimo. Hasta aquel momento había creído que era posible ser detective como su tío; ahora, en cambio, le parecía que la investigación no era para ella. ¡No paraba de meterse en un callejón sin salida tras otro!

Recuerdos a paso de baile

Deambuló por el despacho, jugueteando con la llave que había encontrado en la cajita. Eso también era un quebradero de cabeza demasiado complicado, y Emily, impaciente, devolvió el pequeño objeto a su contenedor en el fondo del cajón.

«Miau», comentó molesto Percy al ser despertado por el ruido.

—Eh, sí, ¡tú lo tienes muy fácil diciendo miau! —respondió Emily—. Esto es un auténtico desastre. ¿Sabes qué voy a hacer? Voy a dar una vuelta por el pueblo. Necesito algo para subirme la moral. Algo dulce y de chocolate, pero no se lo digas a mamá...

Dejó una nota en el frigorífico para Linda, que todavía estaba durmiendo, y salió para acabar en pleno centro de Blossom Creek.

—¡Buenos días, tesoro! —la saludó Roxi—. ¿Dónde has dejado a tu madre?

—Todavía dormía, y se me ha ocurrido venir a verte. Me apetece una de tus tartas llenas de mantequilla, y no esas galletas dietéticas que me da ella.

—Eh, te comprendo, pero ya verás como acabamos convirtiéndola a la mantequilla y a la crema. Dame tiempo... —se rio Roxi abriendo la vitrina de los bollos—. La chef aconseja: tarta de chocolate triple, acompañada de capuchino al aroma de canela.

Capítulo 8

—¿Podemos venir a vivir contigo? —bromeó Emily con una gran sonrisa.

Luego se sentó frente a una mesita al lado del mostrador, y durante unos minutos se concentró en la tarta. Por eso, no hizo caso cuando dos siluetas se acercaron a ella.

—¿Está libre? —preguntó una voz familiar.

—Por supuesto —dijo Emily, levantando la vista hacia Peggotty. Y se quedó blanca al ver a Jamie a su lado.

—Justo le estaba contando a mi nieto lo de vuestra investigación, espero no haber infringido ningún secreto profesional —dijo Peggotty poniendo sobre la mesa dos tazas de té y dos porciones de bizcocho.

—Ningún problema, no creo que logremos resolver el caso —respondió Emily, desmoralizada.

—Uf, todos tenemos días torcidos. Ya verás que, cuando menos te lo esperes, te llegará la inspiración —le dio ánimos la mujer.

Emily la miró primero a ella y después a Jamie, y a continuación bajó la vista y la fijó en la tarta, buscando algo interesante que decir.

—Bueno —se anticipó Peggotty, poniéndose en pie—. Tengo que empezar mi ronda de visitas. Ha sido una estupenda casualidad habernos encontrado, así vosotros dos podréis ir a pasear juntos.

Recuerdos a paso de baile

—¡Abuela! —suspiró Jamie, tratando de que Emily no le oyera, pero ella tenía un oído estupendo—. Así que estáis investigando un asunto de fantasmas —añadió el chico educadamente cuando se quedaron solos, en un intento de disimular la vergüenza que sentía.

Emily se metió en la boca el último trocito de tarta y se levantó de repente de la silla.

—Que sepas que no estás obligado a hablar conmigo solo porque te lo diga tu abuela —soltó, pero la frase le salió algo embadurnada de chocolate. Con una mano se tapó la boca, con miedo a mostrar los dientes sucios—. ¡Y, además, los fantasmas no existen!

Con los puños apretados, Emily se dio la vuelta, salió y empezó a caminar con la cabeza alta por la calle principal. Pocos pasos después se dio cuenta de que estaba vagando sin rumbo fijo por Blossom Creek, aunque decidió seguir recto por si alguien la estaba mirando.

—¡Eh, no quería ofenderte! —le gritó Jamie desde atrás y la alcanzó con la bicicleta.

—¡Bah! —hizo Emily con desdén y siguió caminando.

A su lado, Jamie apenas apretaba los pedales, para mantenerse a su altura.

—Yo no le pedí a mi abuela que nos presentara —puntualizó Jamie—. Pero ella me dijo que eras simpática...

Capítulo 8

—Yo no hablo con espías —resopló Emily.

—¡Y yo no hablo con pijas de ciudad que se tronchan cuando yo estoy a punto de partirme la crisma al caerme de la bici! —replicó Jamie, ofendido.

—Yo no me tronchaba de ti —respondió Emily, sorprendida, dándose la vuelta para mirarle.

—¿Ah, no? ¿Y de qué, entonces?

—De mi madre, que saltaba a tu alrededor como un grillo, sin parar de decir «mueve los brazos», «mueve las piernas», «¿cuántos dedos hay?»... ¡Debiste de creer que estaba loca!

Los dos se miraron a los ojos por un instante, y ambos se encontraron con la misma expresión avergonzada y perpleja. Después, apartaron la mirada al mismo tiempo.

Siguieron caminando en silencio, hasta que tuvieron a la vista la tienda de artículos de caza y pesca, y Emily vio salir de ella a una cara conocida. Aunque llevara unos pantalones con bolsillos laterales y un jersey de cuello alto negro, la nariz afilada y las cejas arqueadas eran inconfundibles.

—¡El mayordomo Appleby! —dijo Emily, deteniendo a Jamie con la mano y haciéndole gesto de que se agachase. Los dos se escondieron detrás de un coche, y desde allí Emily continuó observando los movimientos del hombre.

—¿Y ahora quién es el espía? —comentó Jamie.

Recuerdos a paso de baile

—¡Ssst! Estamos en medio de una investigación —contestó Emily con aspereza.

Appleby abandonó el umbral de la tienda mirando a su alrededor con aire circunspecto. Apretaba un paquetito blanco contra su pecho.

—¡Claro! ¡Hilo de pesca! —exclamó Emily cayendo de repente.

—¿Eh? —preguntó Jamie, perplejo.

—¡Hilo de pesca! —respondió Emily cada vez más emocionada.

—¿Es un mensaje cifrado? —dijo Jamie levantando una ceja.

—¡No! El hilo transparente que vi pegado al cuadro era hilo de pesca. Nada de telarañas; fue Appleby, ¡lo sabía! ¡Siempre lo sospeché!

—Fue Appleby el que hizo ¿qué?

—El que lo simuló todo. No existen los fantasmas, ¡el mayordomo es el culpable de todo! Empleó el hilo de pesca para hacer caer el cuadro durante la sesión espiritista.

Appleby atravesó la calle deprisa, mirando dos o tres veces por encima del hombro antes de sacar de su bolsillo un manojo de llaves. Abrió la puerta de un turismo y encendió el motor.

—¡No, maldita sea! ¡Va en coche! ¿Y ahora qué hago?

Capítulo 8

—protestó Emily, olvidando todo tipo de precauciones y saliendo del escondite a toda prisa, con la intención de ver adónde se dirigía el mayordomo.

—¡Sube! —respondió Jamie, alcanzándola—. Rápido, ¡en el cuadro de la bicicleta!

Emily lo miró con perplejidad.

—Jamás conseguiremos seguirlo...

—¿Qué te apuestas? —dijo Jamie con una sonrisa decidida—. ¡Sujétate fuerte!

Pedaleando furiosamente, Jamie logró mantener el contacto visual con el coche de color burdeos hasta la salida del pueblo. Pero cuando el turismo se metió por un camino empinado que bordeaba un bosquecillo, la distancia entre ambos comenzó a aumentar.

—¿Qué te he dicho? —se quejó Emily, intentando no prestar atención al hecho de que la barbilla de Jamie estuviera apoyada en su espalda, y su pelo le hiciera cosquillas en la mejilla.

—Todavía no estamos acabados, ¡sé adónde lleva este camino y conozco un atajo! —dijo Jamie, y sin dudarlo ni un instante giró de golpe a la izquierda, penetrando en el bosque.

—Aaaaaaaaah —chilló Emily, cerrando los ojos cada vez que evitaban un hoyo o esquivaban un árbol.

Recuerdos a paso de baile

Cuando ya pensaba que iban a chocarse inevitablemente, el bosque se abrió en un pequeño claro. Jamie frenó y se aproximó a un arbusto, desde donde observar el calvero sin ser vistos.

El automóvil burdeos estaba aparcado justo allí, al lado de una mesa de *picnic*. Appleby acababa de apearse y miraba el lugar con pose circunspecta.

Una mujer salió de los árboles, en la parte opuesta adonde estaban Emily y Jamie, y se dirigió hacia Appleby. Emily hizo un gran esfuerzo para no lanzar un grito de triunfo: probablemente se trataba de la mujer que había hecho la llamada misteriosa a la agencia inmobiliaria, ¡y ahí estaba, compinchada con su principal sospechoso!

—Es peligroso que nos veamos, espero que tengas un motivo aceptable para hacerme correr este riesgo —dijo la mujer a Appleby, con voz imperiosa.

Debía de tener unos sesenta años, el pelo blanco le enmarcaba el rostro como una nube y llevaba un vestido negro de cuello alto.

—Quiero más dinero, el asunto se está complicando. Han venido dos detectives de Londres, ¡si descubren el embrollo estamos acabados! Ah, ¡como empiecen a sospechar de mí, corto por lo sano y adiós muy buenas! —dijo Appleby con nerviosismo.

—¡Baja la voz! —le ordenó la mujer, y las quejas de Appleby se convirtieron en un susurro apenas audible.

Emily se deleitó por unos instantes con las palabras que acababa de escuchar. ¡«Detectives llegadas de Londres» sonaba realmente profesional! Luego se impuso el sentido común y la chica se apresuró a sacar del bolsillo su inseparable cámara de fotos digital. Procurando no hacer ruido, se asomó, calibró el zum al máximo y tiró varias fotos, hasta que la mujer se alejó de nuevo entre los árboles y desapareció de su vista. El mayordomo volvió al coche y, tras pegar con rabia un puñetazo a la carrocería, montó y abandonó el claro.

—¡Tenemos a la culpable! —exclamó Emily en dirección a Jamie.

—¿Y quién es? —preguntó él.

—No lo sé, pero pronto lo descubriremos.

Cuando Emily y Jamie llegaron al *cottage*, Linda estaba sumida en una conversación telefónica mientras caminaba sin tregua arriba y abajo por la acera.

—Por supuesto, Flora también está invitada. Puedo encerrar a Percy en el despacho para evitar que se tropiecen —decía, bailando de puntillas—. Oh, ¿está todavía enferma? Lo siento. Claro, también viene Roxi, ha sido ella quien me ha dado la idea. Y también he pensando en invitar a Peggotty, Albert y Fred, ¿crees que les gustará? De acuerdo, entonces a las siete.

Cuando Linda vio a Emily en la verja, corrió a su encuentro.

—Emily, ¡no vuelvas a irte de paseo sin avisarme! —exclamó, pero tenía un luz risueña en los ojos—. Menos mal que he llamado a Roxi, para preguntarle si sabía por dónde andabas, y me ha dicho que te habías encontrado con un amigo —añadió señalando a Jamie.

—Buenos días, señora —dijo él con educación.

—Roxi y yo hemos decidido organizar una cena para esta noche, aquí en el *cottage*. Voy a invitar a tu abuela también, Jamie, ¿te apetece unirte a nosotros? —preguntó Linda, con la expresión de la araña que acaba de capturar una mosca gracias a su ingeniosa trampa.

—Tengo que pedir permiso en casa —respondió el chico, muerto de vergüenza.

Emily echó una mala mirada a Linda y se prometió a sí misma que más tarde le armaría una buena. Pero ahora tenía que ocuparse de cosas más importantes.

—Mamá, déjate de cenas, ¡hemos descubierto algo importantísimo! Fue Appleby el que lo simuló todo, de fantasmas nada de nada, y a las órdenes de esta mujer —dijo sacando la cámara—. Estábamos lejos y no he podido tomarla bien, pero mira esta foto. Es bastante nítida.

En la pantalla apareció la cara de la mujer, mínimamente desenfocada.

—Vamos enseguida a ver al mayor —insistió Emily.

—No, Appleby podría vernos y descubrir nuestras intenciones.

—Pidámosle a la señorita Pettigrew que venga: quizá ella sepa decirnos quién es.

—He venido lo antes posible —jadeó la señorita Pettigrew apareciendo por la acera poco tiempo después—. ¡Así que ha sido Appleby! Y pensar que parecía tan profesional, un caballero a la vieja usanza... ¡Y resulta que es un falso y un bribón!

Emily asintió, conduciéndola hasta el despacho. La cocinera se sentó en una butaca mientras Emily y Linda estaban demasiado emocionadas como para hacerlo en la otra. Jamie, muy turbado, se quedó también de pie, y para disimular se puso a mirar los extraños objetos diseminados por la librería.

—Tendría que habérmelo imaginado —murmuró la señorita Pettigrew sacudiendo la cabeza—. Llegó tan solo seis meses atrás y se conformó con una paga bastante, ejem, digamos que... ajustadita.

Recuerdos a paso de baile

—¿Pero por qué un perfecto desconocido tiene tanta animadversión por el mayor? —inquirió Linda.

—¡Él no es el cabecilla! —intervino Emily—. Se trata de esta mujer —explicó, mostrando la fotografía a la señorita Pettigrew.

Al verla, la cocinera se puso blanca como la cera y se hundió en la butaca.

—¿La conoce? —preguntó Linda.

—¡Oh, santo cielo! —exclamó la señorita Pettigrew llevándose las manos al pecho—. ¡Es Caroline Sherrington, la tía del mayor!

—¿Y qué es lo que no funciona? —preguntaron a coro Emily y Linda.

—Caroline murió hace cuarenta años —respondió la señorita Pettigrew con un hilo de voz, pasándose un pañuelito bordado por la frente perlada de sudor—. ¡Así que sí que se trata de fantasmas!

«Miaaau», hizo Percy, y todos pegaron un bote, sobre todo Jamie, que lo había tomado por una figura de porcelana.

Añadir
un cubierto
para Jamie

¡Una mujer
misteriosa!
Tengo que
averiguar
algo más...

Nuestros tres fieles ayudantes:
Fred, Peggotty y Albert

Placita en el centro
de Blossom Creek

9. Una revelación inesperada

—Debe de haber un compartimento escondido o un pasaje secreto —dijo Emily golpeando las paredes del despacho.

—Tal vez el tesoro sea la propia llave —aventuró Jamie sin perder de vista a Percy, que no parecía sentir mucha simpatía por él y lo observaba malhumorado desde uno de los estantes—. Podría ser, qué sé yo, un hallazgo arqueológico, y valer un montón de dinero.

—No, es demasiado nueva —observó Emily girando la llavecita entre las manos—. Y, además, el papel hablaba de «insaciable curiosidad»: desde mi punto de vista el tío Orville quería ponerme a prueba.

Sonó el timbre, interrumpiendo las reflexiones de ambos. Linda apareció en la puerta de la agencia, llevaba un delantal blanco y azul, bajo el que asomaba un vestido blanco con unas gaviotas estampadas.

—Chicos, id a recibir a los invitados. Yo termino de preparar los pasteles de zanahoria y jengibre, y voy.

Peggotty entró llevando un gran ramo de flores. Enseguida llegó Albert, excusándose por la ausencia de su adorada Maude, a la que le habría encantado conocerlas pero estaba demasiado ocupada con sus cuatro tremendos nietos como para poderlo acompañar en sus compromisos sociales. Roxi hizo su entrada triunfal con la versión de lo que era para ella un *look* de noche: falda larga de flores, blusa con estampado de leopardo y dos gigantescos pendientes de ganchillo.

—¿Eh? —le preguntó a Linda, buscando su aprobación—. Los estampados de fantasía son un *must* de la próxima temporada, junto con el *animalprint* y el *tricot*. Lo leí en el *Trendy & Chic* de este mes.

—No creo que pusiera que hay que ponérselo todo a la vez, pero... —susurró Linda a Emily con una sonrisa, mientras Roxi saludaba a los demás invitados—. Por otro lado, cada mujer tiene que encontrar su estilo personal... Lo cierto es que esa falda no está nada mal, le preguntaré de dónde la ha sacado —añadió.

—¡Ah, vestidos! Hay algo que pueda apartarte de esa fijación tuya —le tomó el pelo Emily, con una sonrisa mientras levantaba los ojos al cielo.

Capítulo 9

Pero Linda no respondió. Matthew acababa de entrar por la puerta, arreglado y nervioso a partes iguales, y tratando de aflojarse el cuello de la camisa.

—Vale, algo hay... —dijo Emily levantando la mirada de nuevo, y salió corriendo al encuentro de los otros, que estaban de pie junto a la mesa. Observó dubitativa los platos que Linda había preparado siguiendo el manual de cocina *bio*, y esperó que los invitados no huyeran despavoridos ante todas aquellas cremas de verdura de colores tenues.

En ese momento llegó Fred, excusándose por el retraso, motivado por algunos encargos de última hora que le había hecho su casi centenaria pero superactiva madre, y le regaló a Emily una caja de bombones, a la que ella se aferró con gratitud.

La cena resultó alegre y agradable, nadie se burló de las verduras y la conversación se centró enseguida en la investigación en curso.

—No puede tratarse de un fantasma —rebatió Emily.

—¿Y entonces dudas de lo que ha contado la señorita Pettigrew? ¡Ha reconocido al fantasma de Caroline Sherrington! —respondió Roxi con decisión.

—Está bueno esto, ¿qué es? —preguntó Matthew a Linda, indicando una de las tarrinas dispuestas elegantemente sobre la mesa y tratando de desviar la conversación.

Una revelación inesperada

—*Hummus* —respondió ella, lo que provocó en él un súbito ataque de tos.

—Creo que es una crema de garbanzos de origen oriental, Matthew, no eso que usas tú para fertilizar las plantas —lo tranquilizó Peggotty con una sonrisa divertida—. No hagas caso, querida, tu cocina es exquisita y muy sana, como médico no puedo ponerle ni un solo *pero*.

—Estábamos hablando de negocios —insistió Jamie, atrayendo la atención al caso de nuevo—. El hecho es que, fantasmas o no, debajo hay algo turbio.

—¡Exacto! —confirmó Emily.

—Toda esta historia es muy extraña —comentó Fred, mientras miraba perplejo la sopera llena de verduras a la leche de coco y *curry*—. Tendríamos que indagar en los archivos del ayuntamiento.

—Nuestro Fred ha sido archivero en el ayuntamiento de Blossom Creek durante casi medio siglo, y de vez en cuando todavía echa una mano en el despacho. Si necesitáis cualquier tipo de información sobre la historia local, nadie está más preparado que Fred —explicó Peggotty a Emily y Linda.

—Me miras con buenos ojos —se defendió él—. Si no me equivoco, Caroline era la hermana del padre del mayor, y si estuviera viva en la actualidad, ¡tendría ciento cinco años!

Capítulo 9

—Señores, me parece que en esta conversación hay un error de base —intervino Albert tras haberse limpiado educadamente la boca con la servilleta—. No se nos ha mostrado la prueba principal. Emily, enséñanos la foto, así podremos evaluar con nuestros propios ojos si se trata de un fantasma.

Emily le aproximó inmediatamente la máquina de fotos y fue pasando las imágenes hasta llegar a la más nítida. Cuando los ojos de Albert examinaron la fotografía, el exabogado pegó un bote en la silla.

—Maldición, esperadme aquí, ¡tengo que comprobar una cosa! —exclamó con una sonrisa misteriosa y salió a toda prisa del *cottage*.

Emily miró a Peggotty y a Fred, que se encogieron de hombros, desconcertados.

—Una de sus iluminaciones repentinas —explicó Peggotty—. Suelen traer cosas buenas.

—Jamás da explicaciones —reveló Fred—. Para no fastidiar el efecto sorpresa.

—Ya había visto esa cara. Y muchas veces, además. Se podría decir que de algún modo me era familiar —explicó Albert con cierto énfasis.

Acababa de regresar, y todos lo miraban con impacien-

Una revelación inesperada

cia, tras veinte minutos formulando hipótesis más o menos fantasiosas.

—¡Adelante, corta el rollo, viejo truhán! Esta no es una de tus arengas en los tribunales... —le incitó Fred, moviendo sus cejas peludas.

—Es para crear ambiente: quiero compartir con vosotros la emoción de este descubrimiento —respondió Albert, con las manos a la espalda. Luego continuó—: Al mismo tiempo, estaba seguro de no haber hablado nunca con esa mujer, de no habérmela encontrado en persona.

—Bueno, ¿qué? ¿Entonces tienes la intención de tenernos en ascuas mucho tiempo más? —protestó Peggotty.

—Pero ese cabello, el óvalo del rostro... —prosiguió Albert con cierta complacencia. Hizo una pausa dramática para asegurarse de que todos estaban pendientes de sus labios. En el comedor reinaba un silencio absoluto. Con una sonrisa de satisfacción, Albert declaró al fin—: ¡Y entonces me vino la iluminación! —y mostró lo que ocultaba tras la espalda.

Era un libro.

—¿Keira Swanson? ¿No es la autora de ese *best seller* protagonizado por un detective ciego? —preguntó Linda perpleja, mirando la cubierta.

—*La voz del asesino* —confirmó Albert—. Cautivador, aunque yo prefiero *Antes de la última campanada*, y tam-

Capítulo 9

bién *La muerte se viste de terciopelo*, uno de los primeros, que presenta una trama narrativa soberbia, en la que el suspense es sustituido por un cúmulo de sorpresas, y en cada página...

—¡Ejem! —hicieron a coro todos los presentes.

—Pero si ya estaba llegando al meollo del asunto —dijo alterado el abogado—. Mirad —y con un gesto de prestidigitador le dio la vuelta al libro para mostrar la cuarta de cubierta.

—¡Es ella! —exclamó Emily.

—¡Es cierto! —confirmó Jamie.

La contraportada del libro mostraba la foto de la mujer misteriosa. No había duda posible: por muy absurdo que pudiera sonar, Appleby estaba conchabado con Keira Swanson, la famosa escritora de novelas policíacas.

—¡Nada que ver con un fantasma! —dijo satisfecha Emily cruzándose de brazos.

—Quizá sea el fantasma de la tía Caroline el que escribe las novelas bajo pseudónimo —aventuró Roxi, que no quería descartar la pista de lo sobrenatural.

—Me parece una hipótesis algo descabellada —observó Linda.

—Pero ¿por qué una famosa escritora iba a querer aterrorizar al mayor Sherrington? —preguntó Emily, pensativa.

Una revelación inesperada

—Tal vez sea una estrategia publicitaria —sugirió Linda.

—Tenemos que hablar con Appleby y obligarle a confesar —propuso Emily.

—Mmm, ya está sobre aviso... Hay que hacerlo de manera que no acabe desapareciendo con viento fresco —dijo Linda. Luego su cara se iluminó, hoyuelo incluido—. ¡Ya está! Tal vez tenga la solución.

«El mundo está lleno de cosas obvias que nadie se toma la molestia de observar».
A. Conan Doyle

Emily,
¿Estás preparada para nuestro plan?
;-)

La entrada oculta en la trasera de Sherrington Lodge

Una auténtica jungla de zarzas

La señorita Pettigrew

10. Cómo capturar un fantasma

—Entren, entren —susurró deprisa la señorita Pettigrew mientras abría la puerta con gesto furtivo—. El mayor se fue a dormir al hotel, dijo que no soportaba la idea de que los fantasmas de sus abuelos no quisieran que estuviera aquí. ¿Saben? Siempre se ha sentido muy orgulloso de su familia.

—Pero la culpa no es de sus antepasados, ¡es de Appleby! —saltó Emily.

—Después de la sesión espiritista el mayor se ha vuelto muy susceptible en cuestión de fantasmas... —explicó la cocinera como para excusarse.

—Oh, verá como pronto se aclarará todo y el mayor podrá regresar a casa. Déjenos a nosotras —la tranquilizó Linda— y, por favor, aténgase al plan.

—Vengan, por aquí —dijo la cocinera conduciéndolas a hurtadillas hasta el corredor que llevaba a la biblioteca.

Una vez en la sala, Emily se puso a examinar estantes y paredes. Las librerías ocupaban todas las paredes, interrumpidas tan solo por los nichos de las ventanas, que estaban cubiertas por pesadas cortinas de terciopelo rojo.

—¡Aquí está el hilo de pesca! Justo lo que yo dije —comentó Emily, mostrando un hilo transparente que rodeaba algunos libros y se introducía tras una cortina, preparado para que alguien tirara de él y provocara la caída de los volúmenes al suelo—. Y los clavos de los cuadros están flojos, para que se puedan caer de golpe solo por su propio peso —continuó la niña.

—¿Cómo es posible que no nos diéramos cuenta nunca? —dijo la cocinera.

—Bueno, ¿quién es el que se ocupa de limpiar los libros, los cuadros, las antigüedades y todos los muebles y figuritas de esta casa, y por consiguiente puede manipularlos sin que nadie se dé cuenta? —preguntó Linda con una sonrisita.

—Appleby, por supuesto —respondió la cocinera, poniéndose seria—. Voy a llamar a ese granuja.

—Le ruego que se comporte de manera natural —dijo Linda—. ¿Estás preparada, Emily? —preguntó después, cerrando todas las cortinas de terciopelo de tal modo que la biblioteca quedara a oscuras.

Capítulo 10

—Preparadísima. ¿Estás segura de que funcionará? —susurró Emily.

—Vamos a ver —contestó Linda con decisión.

Cuando Appleby entró y encendió la luz, se sorprendió de encontrarlas allí, esperándolo.

—Es el momento de confesar —le dijo Emily con decisión—. Hemos descubierto su juego.

—No comprendo qué pretenden insinuar —replicó él, arqueando una ceja.

—Fue usted quien simuló la aparición de los fantasmas —intervino Linda.

—Hemos encontrado los hilos con los que hacía caer los objetos. También lo hizo con el candelabro, ¿verdad? Con un hilo colgado desde arriba a lo largo de las escaleras —añadió Emily, mostrando el hilo de pesca que rodeaba los libros.

—Niña, no sé de qué estás hablando. Esos hilos no los he puesto yo —dijo Appleby, sin perder la compostura.

—¿Ah, no? ¿Y entonces qué hacía en la tienda de artículos de caza y pesca?

—Pero esto es absurdo —respondió el mayordomo—. Basta, no me quedaré a escuchar sus acusaciones ni un minuto más —y se dio la vuelta, con intención de salir.

¡Clac!, hizo el batiente de la puerta, cerrada desde fuera

Cómo capturar un fantasma

de improviso. Appleby agarró el pomo de bronce y lo sacudió con furia. Emily fue corriendo a su encuentro y lo asió por la manga.

La lámpara se apagó de golpe.

—¡Aaah! —gritó Linda a sus espaldas.

Emily y Appleby se giraron de repente. Linda había desaparecido.

—¡¿Mamá?!... Mamá, ¿dónde estás? —la llamó Emily—. ¡No se ve nada! ¿Mamá?

Appleby volvió a sacudir frenéticamente la puerta, presa del pánico.

—Uuuhhh —hizo de pronto una voz cavernosa, que parecía provenir de ambos lados de la sala.

—¿Usted también lo ha oído? —preguntó Emily en voz baja.

Appleby se puso blanco como una sábana.

—¡Uuuuuh... uuuhhh! —repitió la voz.

—¡No es posible! —exclamó el mayordomo.

—¡Socorro, es un fantasma auténtico! —chilló Emily llevándose las manos a la boca—. Tenía razón el mayordomo, ¡esta casa está encantada de verdad!

—¡No es posible, no es posible! —continuaba repitiendo Appleby, sin parar de sacudir la cabeza.

—Aaappleby... —invocó la voz.

Capítulo 10

—¿Lo ha oído? ¡Lo está llamando por su nombre! Quiere rendir cuentas con usted... —dijo Emily.

Los dos se quedaron quietos en la penumbra, las espaldas apoyadas contra la puerta.

—¡Es una broma! —balbuceó el mayordomo.

—¡La voz está por todas partes! —chilló Emily, mirando a su alrededor.

—Soy el espíritu de Caroline Sherrington...

—¡Es culpa suya, la ha enojado! —dijo Emily agarrándole por el brazo.

—Aaapplebyyy..., no se bromea con los fantasmas...

—¡No! ¡No!

—Va en serio. ¡Se ha llevado a mi madre! —sollozó Emily.

—Aaapplebyyy..., ¡vengo a llevarte conmigo!

—¡No! ¡Lo confieso! ¡Fui yo! —gritó el mayordomo, cubriéndose la cabeza con los brazos y acurrucándose en el suelo—. ¡Fui yo quien simuló la aparición de los fantasmas! ¡Estoy arrepentido, estoy arrepentido! No quiero morir —musitó, y se echó a llorar como un crío.

—Aaapplebyyy...

—Mamá, ya puedes salir, ha confesado —se rio Emily.

—¡Buh! —hizo Linda con una risa maliciosa, saliendo de detrás de una cortina y dejando entrar la luz del sol.

El mayordomo era el puro retrato del desconcierto.

Cómo capturar un fantasma

—Pero ¿cómo lo han hecho? —preguntó pestañeando.

Linda recogió su móvil y el de Emily de ambos lados del cuarto, donde los había escondido algo antes, se los mostró y comentó:

—Es increíble lo que puede hacer la tecnología actualmente.

—¡Menuda ralea de intrigantes metomentodos! —gritó Appleby, al comprender que le habían tomado el pelo.

—¡Y tú eres un villano bribón! —dijo la señorita Pettigrew, abriendo la puerta—. ¿Por qué, por qué le has hecho esto al pobre mayor?

—Pero, sobre todo —dijo Emily—, ¿qué pinta en toda esta historia la famosa escritora Keira Swanson?

Sentado en el sofá color vino del salón, Appleby había perdido todo su porte de mayordomo de otra época.

—Seis meses atrás me las iba apañando con los espectáculos de magia y algún que otro papel de actor, pero las cosas no iban bien. A nadie le interesa ya el teatro, figúrense la prestidigitación... Me dieron el papel del mayordomo en el drama policíaco *Tres ratones caen en la trampa*, de la famosa escritora Keira Swanson, y ella vino a felicitarme en persona. Había leído mi currículum, y sentía curiosidad por el hecho de que fuera también ventrílocuo.

Capítulo 10

—¡Ventrílocuo! ¡Queda aclarado lo de la voz del fantasma de Chester Sherrington! —exclamó Emily.

—Me ofreció bastante dinero. A cambio, debía presentarme aquí para que me contrataran como mayordomo, y utilizar mis habilidades para asustar al dueño de la casa.

—Pero ¿por qué? —preguntó Linda—. ¿Por qué Keira Swanson tiene tanto odio por Trevor Sherrington?

—Keira Swanson es solo el pseudónimo con el que firma sus libros —reveló Appleby con un suspiro—. Su verdadero nombre es Gwen Sherrington.

—¡La hermana del mayor! —exclamó Linda.

—¡Por eso se parece a la tía Caroline! —sugirió Emily.

—¡Oh, misericordia! —dijo la señorita Pettigrew—. ¡No la había reconocido! La última vez que la vi tanto ella como yo éramos dos jóvenes en la flor de la vida...

—Gwen quería vengarse de su hermano —continuó Appleby—, porque en todos estos años, y a pesar de que el enorme éxito de sus libros le ha procurado fama y riqueza, no ha logrado olvidar que la echaron de su casa sin que él hiciera nada por impedirlo. Quería quitarle la mansión a toda costa, y yo le iba a dar un empujoncito con esta representación que le convencería de vender.

—Pobrecita... —murmuró la señorita Pettigrew.

Cómo capturar un fantasma

—¡¿Pobrecita?! —exclamaron a coro Emily, Linda y también Appleby.

Green Park Resort (puede que tengan hasta sauna...)

¡Estamos a punto de resolver nuestro primer caso!

El Green Park Resort

Gwen Sherrington (con una pinta de lo más sospechosa)

11. Secretos de familia

—Resumiendo, que la culpable es la hermana —explicaba Emily una hora más tarde ante un chocolate caliente.

Alrededor de Linda y ella estaban reunidos todos los que habían contribuido a la investigación: Roxi, Matthew, Jamie, Peggotty, Albert y Fred, apelotonados entre las mesitas de la pastelería.

—Increíble: la hermosa Gwen... —suspiró Fred, con mirada soñadora.

—Baja de las nubes, Romeo, tu Gwen se ha vuelto una estafadora —comentó Albert, dándole un codazo amistoso—. Pero no comprendo cuál es el móvil. Es evidente que no se trata de dinero, vista la crisis financiera por la que atraviesa el mayor.

—Es una historia triste —intervino Linda—. La pobre Gwen Sherrington sufrió mucho por el hecho de que sus padres prefirieran abiertamente a Trevor. Él era más estudioso, más sensato... Y, además, era un varón, destinado a heredar todos los negocios de la familia. Para que sus padres repararan en ella, de joven Gwen se comportó de una manera cada vez más irreflexiva, hasta que consiguió que la desheredaran. Y durante todos estos años ha seguido albergando un secreto rencor por su hermano, culpándolo de todo lo que le había sucedido, hasta tramar quitarle aquello que él más amaba: Sherrington Lodge.

—Ya, ¡no todos son como mi hermanito y yo! —dijo Roxi rodeando el cuello de Matthew con sus brazos.

—¡Roxi! —protestó él, tratando de ponerse serio.

—Y ahora nosotras nos encontramos ante un dilema —continuó Linda—. Si le contamos la verdad al mayor, ¡la ruptura entre los hermanos no se arreglará jamás!

—¿Y...? —preguntó Jamie perplejo.

—¡Y yo detesto los finales tristes! —respondió ella con una sonrisa.

—A mi madre se le ha metido en la cabeza conseguir que se reconcilien —explicó Emily—. Pero necesitamos que nos echéis una mano.

—Somos todo oídos —dijo Peggotty.

—No es nada complicado —les aseguró Linda—. Solo hace falta organizar un pequeño encuentro. Conseguimos que

Capítulo 11

Appleby nos confesara dónde se aloja Gwen Sherrington. ¿Sabéis dónde está el Green Park Resort? Por lo visto, es un hotel de lujo que se halla en los alrededores.

—Está en Oaktown, yo os puedo llevar —se ofreció Matthew.

A Emily le pareció ver un brillo en los ojos de Linda, y no estaba segura de que tuviera algo que ver con la investigación.

Linda enfiló el vestíbulo del *resort* de cinco estrellas, y Emily la siguió mirando alrededor maravillada. Era como si la hubieran catapultado del condado de Kent al Japón: aquel lugar era todo biombos, paredes correderas y muebles bajos de madera oscura.

—Mmm, ¡muy chic! Puede que tengan hasta *spa* —dijo Linda con expresión admirada.

—Mamá, ¡estamos aquí para cerrar el caso! —le rebatió Emily.

—Bueno, no pasará nada malo si echo un vistazo al listado —replicó Linda tomando un folleto de la recepción—. Mira, ¡hay una oferta de masajes a la miel!

—Concéntrate en Gwen Sherrington, ¡no es momento de pensar en tratamientos de belleza!

—No es por mí, es por ti, así igual te dulcificas un poco —se burló Linda, dándole un pellizquito.

Secretos de familia

Emily le respondió sacándole la lengua y arrugando la nariz.

—Vale, atengámonos al plan. Mírala, está allí —dijo Linda señalando a una mujer con el pelo blanco y unas gafas grandes y oscuras, que salía en ese momento del ascensor—. Perfecto, va al bar. Cuanto más barullo haya, mejor.

Linda tomó a Emily del brazo y se dirigieron juntas hacia su blanco.

—Un zumo de arándanos —pidió Linda al camero que estaba detrás de la barra y se sentó al lado de la escritora, que bebía un té frío en un vaso alto de cristal.

—Su zumo, *madame* —dijo el camarero sirviéndole la bebida a Linda.

Ella tomó el vaso y con un leve movimiento de la muñeca hizo caer el zumo precisamente sobre el bolso de piel blanca de Gwen Sherrington.

—Oh, lo siento, ¡estoy desolada! —exclamó, sacando un pañuelito del bolsillo y secando el bolso.

—Deje, no se preocupe —respondió Gwen con rudeza, mientras intentaba poner a salvo sus pertenencias.

Emily aprovechó la distracción de la escritora para poner una notita bajo el vaso de té frío.

—Ven, mamá, es mejor que nos vayamos —dijo a continuación, asiendo a su madre por el brazo.

Capítulo 11

Salieron a paso ligero del bar mientras Gwen seguía intentando limpiar el bolso, y una vez fuera corrieron hacia el coche de Matthew, que estaba apostado tras la verja del *resort*.

—¡Lo hemos bordado! —exclamaron a coro ya en el automóvil chocando las palmas.

—¿Conseguido? —preguntó Matthew.

—Aguardemos y veamos —contestó Linda, abanicándose con la mano para mitigar el nerviosismo.

Emily se agarró al borde de la ventanilla, escrutando el vestíbulo del *resort* con los ojos abiertos como platos.

No tuvieron que esperar mucho: pocos minutos después, Gwen Sherrington salió deprisa a la explanada, mirando a su alrededor frenéticamente. En la mano apretaba el papel donde Emily había escrito: «Sabemos lo que has hecho. Ven a las 16.00 al número 1 de Oak Road, Blossom Creek, o se lo contaremos todo a tu hermano».

Una hora más tarde la escritora se presentó en el *cottage*, protegida por unas gafas oscuras y un sombrero negro de ala ancha, y sin dejar de mirar a su alrededor con nerviosismo.

—Buenos días, señora Swanson. O tal vez tendría que decir señora Sherrington —la saludó Linda.

Secretos de familia

—¿Cómo sabe quién soy? —preguntó Gwen, aguantando la rabia a duras penas.

—Entre, por favor. Hablemos en el despacho, sentadas cómodamente —respondió Linda.

Gwen Sherrington la siguió y se sentó en la butaca de alto respaldo, muy tiesa. Linda cerró la puerta y ocupó la butaca de enfrente, mientras Emily se acomodaba a su lado, en el brazo del asiento.

—¿Quieren dinero? ¿Por eso han contactado conmigo, no? Puedo darles mucho, si se olvidan de esta historia.

—¿No quiere saber cómo la hemos descubierto? —preguntó Emily.

—Debe de haber sido ese descerebrado de Appleby, no tendría que haberme fiado de un actor de tres al cuarto. ¿Qué quieren a cambio de su silencio?

—Queremos su historia —respondió Linda.

—¿Mi historia?

—Que nos cuente por qué, qué la empujó a engañar a su hermano y asustarlo de esa manera... Y luego decidiremos juntas qué hacer.

—¿Qué hacer? No hay nada que hacer —replicó la hermana del mayor con sequedad, levantándose de golpe.

—¡No! ¡No puede irse ahora! —dijo Emily poniéndose en pie de un salto y parándose delante de la puerta.

Capítulo 11

—¿En caso contrario? —preguntó Gwen, con expresión altiva.

—En caso contrario, no podrá quitarse de encima el enorme peso de su conciencia —intervino Linda, acercándose también a la puerta e intercambiando una mirada de entendimiento con su hija.

—Ustedes piensan que soy un monstruo, ¿me equivoco? —les espetó Gwen, los ojos reducidos a dos rendijas—. Un monstruo que quiere destruir a su propio hermano. Pero la verdad es muy distinta.

—Estamos aquí para escucharla —aseguró Linda.

—Pero ¿qué sentido tiene hablarlo con ustedes? ¿Cómo iban a entenderlo? —dijo Gwen sacudiendo la cabeza.

—Tal vez podamos encontrar una solución juntas —sugirió Emily—. Y ayudarla a hacer las paces con su hermano.

—¿Hacer las paces con Trevor? ¿Después de todos estos años? No, créanme, no es posible. Por desgracia, lo hecho, hecho está —suspiró Gwen Sherrington encogiéndose de hombros—, y ya me han descubierto. Prometo que dejaré en paz a Trevor, pero ahora permítanme marcharme... Y no me verán nunca más.

—Pero entonces ¿qué le cuesta contarnos su historia? —preguntó Linda—. Si tiene intención de marcharse para siempre... Hablar podría hacer que se sintiera mejor.

Secretos de familia

Gwen Sherrington la miró durante un larguísimo minuto, en silencio. Luego se dejó caer en la butaca, y tras un suspiro profundo empezó a hablar:

—Siempre soñé con ser escritora de novelas policíacas, pero a mis padres les parecía una carrera frívola, inadecuada para una Sherrington. Y, por eso, cuando pedí el dinero para inscribirme en un prestigioso curso de escritura dirigido por Walter Wisp, en aquellos tiempos el mejor escritor americano del género, me lo negaron. Entonces decidí vender aquel viejo anillo y marcharme igualmente. Y nadie se habría dado cuenta de la desaparición de la joya si mi hermano Trevor no se hubiera comportado como un espía.

Gwen paró de hablar, vencida por la emoción. Linda le tendió solícita un pañuelo de papel. En el despacho reinaba un silencio absoluto, y hasta Percy parecía aguantar la respiración.

—Y entonces mis padres me desheredaron —continuó la mujer—. Me marché, fui a América y me convertí en la asistente de Wisp, aprendí mucho y empecé a escribir mis propias novelas. Pero el éxito y la fama no me hicieron olvidar lo que había perdido. Quería mucho a Trevor, y por eso le confié mis propósitos, pero él me traicionó, y yo no lo he perdonado jamás.

Capítulo 11

—¿Y por qué no trató de hablar con él, en todos estos años? ¿De decirle lo que había sentido? —preguntó Linda.

—Ya era la oveja negra de la familia, y como tal decidí comportarme —respondió Gwen. A continuación alzó la vista y la fijó en Emily, todavía plantada ante la puerta, y tuvo una duda—. Pero ¿hay algo ahí fuera que no quieren que vea?

Un sollozo procedente del vestíbulo sirvió de elocuente respuesta.

—¡Maldición, apuesto que es la señorita Pettigrew! —resopló Emily—. Mayor, entre, ya ha escuchado todo lo que tenía que escuchar.

La puerta del despacho se abrió. Trevor Sherrington estaba allí, tenía la cara pálida. A su lado, la señorita Pettigrew, hecha un mar de lágrimas; Peggotty y Jamie trataban de consolarla.

—Gwen, yo... yo —dijo el mayor con mirada adusta, agitando un dedo acusador—. Yo... te pido perdón —suspiró al fin, arrodillándose a su lado y tomando las manos de ella entre las suyas—. Creí que obraba bien, que te protegía, y sin embargo has demostrado que tú tenías razón. Te has convertido en una escritora famosa, a pesar de que yo no creyera en ti. ¿Me perdonas, Winnie?

—¡Oh, pues claro, Tricky! Soy yo quien tiene que pedirte perdón —replicó Gwen entre lágrimas.

Secretos de familia

—¡Te he echado tanto de menos, Winnie! —respondió el, conmovido.

—¡Buaaah! —sollozó sin contenerse la señorita Pettigrew.

«Miaaau», bufó Percy ante el cambio de atmósfera.

—Si quieres, Sherrington Lodge volverá a ser tu casa —propuso el mayor—. Está algo más descuidada de lo que la recuerdas, pero juntos podremos reconstruirla.

—¿De verdad puedo? —preguntó Gwen, feliz como una niña.

—¡Claro! Pero tendremos que inventarnos algo distinto a las visitas guiadas, porque no quiero oír hablar de fantasmas nunca más.

—¡Eh, tengo una idea! —exclamó Linda—. ¿Por qué no lanzar los exclusivos *murder parties* firmados por Keira Swanson?

—Los exclusivos ¿qué? —preguntó perplejo el mayor.

—Fiestas elegantes en donde unos actores representen un crimen y los participantes tengan que descubrir al culpable —explicó Linda.

—Vaya intuición, señora... —dijo Gwen, pero se interrumpió avergonzada—. Perdóneme, pero creo que no me he quedado ni con su nombre ni con el de su hija.

—Emily y Linda Wright —lo solucionó Emily.

—De la Agencia de Investigación Wright —añadió Linda, llenando a su hija de orgullo.

Agencia
de Investigación
Wright, de Emily
y Linda Wright.
Suena bien, ¿no?

Está claro que
contigo nunca
se puede estar
tranquila.
:-P

12. El destino de la Agencia

—¡Una asignación de cuatro cifras! —exclamó Emily muy agitada, asomándose por el mostrador de la pastelería.

—Es un pequeño porcentaje de los *murder parties* —añadió Linda sonriente.

—Chicas, ¡habéis estado fantásticas! ¡Tenemos que celebrarlo! —chilló Roxi.

—¿Celebrarlo? ¡Nosotros siempre estamos dispuestos a celebrar! —dijo Fred entrando en la tienda con una graciosa reverencia, seguido por Peggotty y Albert—. Té de las cinco acompañado de buenas noticias. Ánimo, contádnoslo.

—Ejem, ejem —dijo alguien desde un rincón. Era Phil, el mecánico, tan desabrido como siempre—. Había pedido un café.

—¡Qué impaciente! —refunfuñó Roxi—. ¿No ves que tenemos buenas noticias que celebrar?

—Yo también tengo una buena noticia —respondió Phil—. El escarabajo está arreglado. Así podrá volver a Londres como quería, señora Wright.

En la tienda se hizo el silencio. Emily miró a Linda con aprensión, sin valor para respirar siquiera, aguardando su respuesta.

—Se lo agradezco, Phil, mañana por la mañana iré a buscarlo. No tenemos prisa por partir. Es más, creo que no nos iremos, al menos durante un tiempo. He decidido quedarme en Blossom Creek durante todo el verano. Mi hija y yo tenemos una agencia que poner en marcha.

Una enorme sonrisa se dibujó en el rostro de Emily, que le echó los brazos al cuello.

—Mamá, ¡eres la mejor del mundo!

—¡Síiii! —chilló Roxi, distribuyendo besos y abrazos para todos, incluido Phil, que se quedó de piedra.

—¡Excelente idea! —aprobó Albert—. Si necesitáis ayuda con las cuestiones burocráticas para cambiar la titularidad, consultadme sin problemas.

—Y yo os puedo acompañar al ayuntamiento para consignarla —añadió Fred—. ¡Será un honor insertar vuestros nombres en el archivo!

—Tengo que contárselo a Jamie, se pondrá contentísimo —declaró Peggotty, ruborizando a Emily.

Capítulo 12

Linda iba a hacer una de sus bromas, pero Roxi se le adelantó. La miró y respondió:

—Oh, sí, ¡Matthew también se pondrá contentísimo! —y así Linda se ruborizó aún más que su hija.

El mismo Matthew se presentó una hora después en el *cottage* y aparcó el coche junto a la acera. Emily estaba en el jardín con Jamie: habían logrado liberar del jazmín la bicicleta que había pertenecido al tío Orville y ahora trataban de ponerla en funcionamiento.

—Solo era necesario limpiarla a conciencia y engrasar la cadena, ahora tenemos que cambiarle los neumáticos y ¡listos! No será nunca tan bonita como la mía, pero tú tampoco eres tan veloz como yo... —bromeó Jamie.

Emily, con un churretón de grasa en la mejilla, le dio un empujoncito para apartarlo y se montó en la silla.

—Te apuesto que con un poco de entrenamiento podré alcanzarte —dijo riéndose.

—Sí, ¡ni en tus mejores sueños! —respondió él sonriendo.

—¡Buenas tardes, chicos! Me he enterado de la buena noticia —exclamó Matthew al reunirse con ellos—. Emily, ¿está tu madre?

—Sí, ahí la tienes —dijo Emily, señalando a Linda, que en ese instante acababa de aparecer en el umbral.

El destino de la Agencia

—¡Hola, Linda! Así que os quedáis... —la saludó Matthew, metiéndose las manos en los bolsillos.

—Eh, sí.

—Estoy contento. Oye, me preguntaba... —continuó él mirándose la puntera de las botas—. ¿Te gustan los paseos? Porque si te gustan, podrías acompañarme de vez en cuando.

—Matthew, no me parece oportuno —respondió Linda, turbada.

—¿Por qué? —preguntó Matthew, sorprendido—. ¿He dicho algo inadecuado?

—No, es que no sé si a Flora le gustaría.

—¿A Flora? —preguntó Matthew, cada vez más perplejo.

—Y, además, ¿qué pensarían en el pueblo viéndonos juntos? En resumen, que no me parece correcto en lo que respecta a Flora.

—¡¿A Flora?! —repitió Matthew abriendo los ojos.

—Sí, ¡a Flora, a Flora! —insistió Linda acalorándose—. ¿Qué crees que iba a pensar de nosotros dos? No querría darle una impresión equivocada.

—¿Una impresión equivocada? ¡¿A Flora?! Espera, creo que hay un malentendido. Enseguida lo solucionamos. Flora me está esperando en el coche, voy a buscarla y te la presento.

Capítulo 12

—Perfecto —respondió Linda con expresión seria.

Cuando Emily vio regresar a Matthew, por poco no se cae de la bici a causa de las carcajadas. El jardinero iba acompañado por una perrita vivaz, de raza Jack Russell.

Linda se pasó una mano por la cara, totalmente avergonzada.

—¡¿Ella es Flora?!

—Eh, sí —respondió Matthew—. ¿No habrías pensado que se trataba de mi novia?

—No, por supuesto que no... —respondió Linda, después entornó los ojos en una expresión todavía más avergonzada, si es que eso era posible, y añadió—: Pensaba que era tu mujer.

Matthew estalló en carcajadas y se puso como un tomate, pero en esa ocasión en lugar de mirarse los zapatos, fijó la vista directamente en la cara de Linda.

Tal vez fuera el efecto magnético del célebre hoyuelo, que —Emily tenía la clara impresión— parecía más luminoso que nunca. El caso es que Matthew no logró reaccionar a tiempo cuando Flora saltó de sus brazos al suelo y salió corriendo como un proyectil peludo. Percy se había asomado por la puerta y la perrita no se resistió a la tentación de ir a husmearlo.

Matthew y Linda corrieron tras ella, seguidos de Emily y

El destino de la Agencia

Jamie. La encontraron en el despacho, sobre el escritorio: tenía los ojos clavados en Percy y ladraba como una posesa. El gato, desde la estantería, la miraba con desdén, lamiéndose una patita. Entonces Flora saltó a la librería y alcanzó un estante con las patas delanteras, pero se quedó colgada de él, agitando las patas posteriores en el vacío y tiró varios libros antes de que Matthew consiguiera rescatarla.

—Lo siento muchísimo —se excusó Matthew tratando de llevarla fuera, pero Flora se soltó otra vez y fue a esconderse tras la butaca.

—¡Flora, ven aquí!

—¡Te ayudo! —se ofreció Jamie, intentando capturarla.

—Ningún problema —le quitó importancia Linda, mientras recogía los libros del suelo.

—Eh, ¿qué es esta rendija? —preguntó Emily, mirando el estante vacío.

—¿Cuál? —quiso saber Linda, sorprendida.

Indiferente al jaleo que había a su alrededor, Emily pasó los dedos por el fondo del estante y la parte trasera de la librería se dividió con un *clac*. Lo que a primera vista podría parecer una veta de la madera era el borde de un compartimento secreto, que se había abierto por la presión de los dedos de Emily y mostraba una puertecita de metal con una pequeña cerradura.

Capítulo 12

—¡Aquí tenéis para lo que sirve el regalo del tío! —exclamó Emily.

Con las manos temblorosas, sacó la llave misteriosa del bolsillo de sus vaqueros y abrió la puerta. Dentro había un cuaderno con tapas de tela. Emily lo abrió, muerta de emoción. En la primera página, escrito con la misma grafía bonita y elegante del sobre y del papel de la caja, había un nuevo mensaje para ella.

Querida Emily:
Tu padre me habló mucho de ti, y estoy contento de saber que has heredado las mejores cualidades de los Wright.

El corazón de Emily dio un brinco.

—¿Qué es? —preguntó Linda, y se inclinó para leer por encima del hombro de su hija.

Eres curiosa, despierta y atrevida, y aunque mientras escribo estas líneas todavía seas demasiado pequeña, debes saber que tengo intención de legarte mi agencia. Tu padre era mi sobrino preferido y me habló mucho de ti, por eso sé que estoy haciendo la elección adecuada.

Espero estar todavía cuando llegue el momento, pero por si no fuera así he decidido escribirte mis memorias. En este

El destino de la Agencia

cuaderno encontrarás el resumen de los casos más importantes que he resuelto a lo largo de mi vida, para que puedan servirte de ejemplo y guía. Que lo estés leyendo querrá decir que al crecer no has perdido tus mejores cualidades, y estás preparada para lanzarte de cabeza a las investigaciones de la Agencia Wright. Estoy convencido de que tu madre Linda sabrá apoyarte, es una persona especial.

Emily hojeó el cuaderno. Página a página se sucedían títulos como *El caso de la pantufla de pana*, *El carillón robado*, *Asalto en el cuarto de baño*. ¡Los misteriosos objetos de la librería eran recuerdos de los casos resueltos por el tío!

—¡Mamá! ¿Has visto? —exclamó Emily con entusiasmo.

—También habla de mí —observó Linda, satisfecha.

—¡Ahí está Flora! ¡Atrápala, va hacia ti! —dijo Matthew a Jamie, siguiendo a la perrita que, entretanto, se había escondido bajo la alfombra.

—Lo intento... —respondió Jamie, tumbado bajo el escritorio.

«Miau», hizo Percy con aire de suficiencia.

Emily llegó a la última página y encontró otro mensaje:

Y esto es solo el principio.

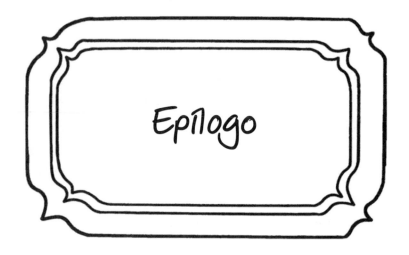

Epílogo

Emily y Linda se hallaban tumbadas bajo su personal cielo estrellado. Solo que en esa ocasión no estaba hecho de adhesivos fosforescentes pegados al techo: era la porción de cielo que se veía desde el jardín del número 1 de Oak Road, Blossom Creek, en una de esas noches veraniegas tan cargadas de estrellas que te dejan sin respiración.

—¿Qué te ha parecido el *murder party*? —preguntó Linda, acomodándose sobre la manta desplegada en el prado. Todavía iba vestida de noche, con un traje color rosado, y ponía especial cuidado en no mancharse con la tierra del jardín.

—Bah, enseguida me he dado cuenta de que el mayordomo era el culpable... —respondió Emily, envolviéndose más en su rebeca de rayas.

—Pero Appleby lo ha hecho muy bien.

—Creo que ya había representado antes ese papel... —se rio Emily.

—Bueno, a lo mejor al público le gusta —contestó Linda—. ¡No todos son detectives como nosotras!

Durante un largo instante, madre e hija permanecieron en silencio, contemplando el cielo.

—Emily, mira, ¡una estrella fugaz! —exclamó Linda de pronto—. ¿Has pedido un deseo?

—No sabría qué más pedir —respondió Emily, mirando a su alrededor con una gran sonrisa y apoyando la cabeza en la de Linda—. Excepto quizá... ¿Sabes que ha habido algunos robos en las granjas de la vecindad? ¡Lo tengo! Manifiesto mi deseo de que mi madre me acompañe mañana a investigar un poco, ahora que el escarabajo está arreglado...

—¿Por qué tengo la sensación de que será efectivamente así? —resopló Linda con una sonrisa divertida.

—¡Porque nosotras somos la Agencia Wright!

Índice

1. Detective por casualidad

En Sherrington Lodge, elegante y austera mansión a las afueras de Blossom Creek, suceden episodios siniestros: armaduras que se trasladan solas, cuadros que caen sin motivo... El terror de que la casa esté tomada por los espíritus y la inquietud del propietario, el mayor Trevor Sherrington, empujan a la cocinera de la finca a presentarse en la Agencia de Investigación Wright. Emily y Linda, las nuevas propietarias de la agencia, al principio rechazan el encargo. Pero el destino parece tenerles reservado un plan distinto...

2. En busca del hombre desaparecido

Fred llega al pueblo sin aliento. Lo que ha visto en el campo de golf de Fairfield Cove le ha hecho perder la voz de miedo: un hombre yacía boca arriba en el *green* del hoyo 18. Emily y Jamie corren a escondidas al campo para indagar, pero cuando llegan el cuerpo ya no está. Sin embargo, sí encuentran un objeto misterioso: una pequeña llave de acero con las iniciales B.S.B. y el número 144 grabados en ella. ¿A quién pertenece esa llave? ¿Quién es y dónde está el hombre que ha visto Fred?

3. El caso del elefante de marfil

¿Qué esconde el elefantito de marfil que compra Roxi en el mercadillo de anticuarios de Blossom Creek? ¡Entre extraños robos y corazones destrozados, Emily y Linda Wright se enfrentan a un nuevo caso!